Condamné à me tuer

JONATHAN

DESTIN

Propos recueillis
par Marie-Thérèse CUNY

Condamné à me tuer

TÉMOIGNAGE

J'AI LU

À mes parents,
À mes sœurs,

À Fabienne, qui m'a sauvé la vie,

À tous les élèves harcelés à l'école,
pour qu'ils osent parler
et dénoncer leurs agresseurs.

À Alexandre, mon « grand frère ».

Je m'appelle Jonathan Destin, j'habite à Marquette-lez-Lille, une petite ville à côté de Lille, un peu isolée. Le métro n'arrivant pas jusqu'à nous, je devais prendre le bus pour aller au collège. J'ai deux grandes sœurs plus âgées que moi, Aurélie et Vanessa, l'aînée. Ma mère s'appelle Marie-Pierre, elle ne travaille pas. Mon père, lui, se prénomme Frédéric. Il est employé dans la sécurité incendie. Notre maison est simple, dans une rue tranquille, la rue de la Paix. Il n'y a pas de jardin, mais une petite cour à l'arrière. Mes parents ont acheté la maison à crédit quand j'avais six mois. Ils ont mis quinze ans à la rembourser. La place de la Mairie n'est pas loin, c'est une jolie place avec des arbres et une église. À côté, il y a le canal de la Deûle. Et aussi un très grand parc avec des centaines d'arbres pour faire des promenades, des jeux, organiser des concerts et des fêtes. C'est le domaine du Vert-Bois.

Avant, quand j'étais petit, il y avait souvent du monde à la maison. Mes parents aimaient recevoir la famille. On faisait de grandes assemblées autour de la table. On allait aussi voir les cousins chez eux pour les baptêmes, les anniversaires. On jouait à la PlayStation, on allait au bowling, quelquefois au cinéma. On ne partait pas en vacances, on ne voyageait pas. Maintenant, mes sœurs sont parties vivre ailleurs. Aurélie a eu un bébé, elle s'est installée à quelques kilomètres de la maison. Vanessa, elle, a préféré quitter la région. Elle habite beaucoup plus loin, dans le sud de la France.

Depuis deux ans, j'ai un chat gris. Il est très beau. Mes parents l'ont trouvé près du centre de rééducation où j'ai réappris à marcher, après mes brûlures. Gribouille saute partout où il veut, il est très indépendant, il sait faire le beau, donner des bisous, mais souvent il mord les jambes de ma mère et ça la rend furieuse. Avec moi il est sage, il ne me saute pas dessus, il ne me griffe pas. Je crois qu'il sait qu'il pourrait me faire du mal.

Aujourd'hui, j'ai dix-huit ans. Je ne vais plus au collège, ni à la piscine. On m'avait offert une guitare, mais je n'ai pas eu le temps d'apprendre.

Pour l'instant, ma vie est compliquée. Il faut de la patience.

C'est très long, la patience.

1

J'avais seize ans, je n'en pouvais plus. De l'école, des autres.

Depuis des mois, ils me demandaient toujours plus d'argent. J'étais en troisième, au lycée Vertes-Feuilles, à Saint-André, près de Marquette. Ça ne s'arrêtait jamais. Ceux-là, en plus, ils étaient grands. Ils avaient au moins vingt ans. Je revenais du collège, il devait être midi et demi. Je n'étais plus très loin de chez moi, je venais de la place de la Mairie. Je ne les avais pas vus, je pense qu'ils étaient cachés derrière des voitures. Je les connaissais bien, si je les avais repérés avant, j'aurais pu m'enfuir. Mais là…

J'ai toujours eu peur de les voir. Qu'ils me réclament encore des sous. Quand ils se sont lancés sur moi, je me suis retourné pour courir, mais un des trois garçons a bloqué le passage. C'est une petite rue étroite, en longueur, avec des grands murs de brique de chaque côté. Comme un tunnel. J'ai voulu faire marche arrière et courir en sens inverse, mais un deuxième s'est mis à l'autre bout. Un derrière moi, un devant moi, quand je les ai vus faire ça, je me suis dit : qu'est-ce qui se passe ? J'ai eu très peur. C'était trop tard. S'il y avait eu des passants, j'aurais été content, j'aurais demandé de l'aide. S'il y avait eu la police ou quoi, j'aurais crié. Mais il n'y avait personne.

Ils ne m'ont pas cogné, ils m'ont juste mis l'arme sur la tête. Pour moi, c'était un vrai flingue, mais je n'ai pas trop fait gaffe. Quand ils me l'ont mis sur la tête, j'ai eu trop peur, j'ai pensé que c'était un vrai. Je ne sais toujours pas si c'était un vrai ou un faux. Je ne pouvais plus bouger, j'étais bloqué. Celui qui tenait l'arme, pour moi, c'était le chef. Il était un peu plus grand que moi. Ils avaient tous la même taille. Ils me fixaient.

Ils m'ont dit : « Demain, tu ramènes cent euros ou on te fait la peau. »

La veille, j'avais essayé de me défendre. J'avais pris un canif et j'en avais égratigné deux. C'était la première fois que je ne me laissais pas faire. Ils étaient partis en courant. Le soir, j'avais même pensé qu'ils avaient eu peur de moi et qu'ils ne reviendraient plus jamais me coincer. Mais là, j'ai vraiment cru qu'ils allaient me tuer. Les jours d'avant, ils m'avaient dit qu'ils avaient suivi mon père et qu'ils feraient du mal à ma famille. Je les croyais. J'aurais voulu aller à la police, mais j'avais peur qu'ils me le fassent payer très cher. Je pensais qu'ils allaient faire du mal à mes parents. Ils en étaient capables.

Je tremblais. Ils m'ont dit que je devais ramener l'argent le lendemain. Ils m'ont dit de retourner au collège l'après-midi, de ne rien dire à personne, de revenir demain avec le fric, sinon ils allaient tuer ma famille. Quand je suis rentré chez moi, j'ai essayé de me calmer. Mais la phrase revenait tout le temps : « Tu retournes à l'école et tu fais style de rien, tu dis rien, sinon... de toute façon, on te fera du mal, on tuera ta famille. » À la maison, il n'y avait personne. Ma mère travaillait au café, chez sa sœur, à Lille, à quelques kilomètres de chez nous. Je suis monté dans ma chambre. Je n'ai rien mangé. Je suis reparti à l'école une heure après. Exactement comme ils m'avaient dit de faire, en faisant comme s'il ne s'était rien passé. L'après-midi, je n'ai pas écouté les cours. Dans ma tête, c'était toujours la même phrase : faire du mal à ma famille. J'étais encore affolé. J'étais sûr qu'ils m'attendaient à la sortie. Mais moi, au lieu de passer par le tunnel, je me suis enfui. Je suis rentré chez moi en courant et ils ne m'ont pas vu. C'est le lendemain que j'ai décidé de faire ça.

Quelques jours avant, j'avais vu à la télévision un reportage sur un adolescent qui s'était immolé par le feu. Il était mort de ses brûlures. C'était en France, ça m'a frappé.

Comme je savais qu'il en était bien mort, j'ai décidé de faire la même chose. Ça ne m'a pas fait peur, parce que je me disais qu'il fallait que ça s'arrête. Je ne pouvais plus vivre comme ça. La mort ne me faisait plus peur. Je me disais qu'avec toute la douleur que j'endurais depuis plus de deux ans, un feu qui dure quinze minutes, c'était ce qu'il me fallait.

J'avais pensé aussi aux médicaments, et à beaucoup d'autres façons. J'avais songé à l'électricité. Me jeter d'un pont où passent le chemin de fer et les TGV. J'y avais bien réfléchi et j'étais même allé voir les possibilités près de la gare de Lille-Flandres où, justement, il y a un pont. Je me voyais sauter sur les lignes à haute tension. J'avais entendu dire qu'on était directement électrocuté. Mais il ne fallait pas rater les lignes. Et je n'étais pas très sportif.

Depuis un an au moins, je cherchais une solution pour mourir. Sur Internet, je parcourais les sites sur le sujet qui expliquaient comment faire pour se suicider. Cela semblait facile et je les avais trouvés en tapant juste : « Comment se suicider. » Sur certaines vidéos de YouTube, on voyait des gens qui avaient sauté d'un pont et qui étaient morts électrocutés. J'avais en tête de choisir le moyen le plus efficace. Le plus sûr. Pour les médicaments, ils donnaient des noms et lesquels prendre. Ils parlaient aussi de la pendaison, ou de se couper les veines. J'ai abandonné l'idée des médicaments, trop compliquée : il fallait les obtenir d'un médecin, par ordonnance, et ensuite les acheter dans une pharmacie. Comme je n'étais pas malade et que je n'avais jamais vu de psychiatre, j'ai renoncé. J'ai été tenté un moment par l'idée de me pendre, mais j'avais peur que ce ne soit pas assez rapide. Ce jour-là, je voulais faire vite. Disparaître en fumée.

J'ignorais ce que c'était, la dépression. Je ne savais qu'une chose : ma vie était mauvaise, insupportable, et mourir était la solution pour arrêter. Me retrouver dans autre monde, au calme, un monde que j'imaginais sans méchanceté, sans école. Je pensais tous les jours au suicide. Le soir, surtout, quand j'étais tout seul dans ma chambre. Et la journée aussi, quand je me faisais embêter à l'école, frapper, racketter, traiter de gros cochon, de bon à rien. Pour moi, la mort, c'était le calme, ne plus rien faire, ne plus se faire embêter... la liberté. Disparaître, ça ne me faisait rien. Sauf que je pensais beaucoup à ma famille. Je savais que j'allais leur faire de la peine : ils m'aimaient. Mais peut-être que c'était mieux de mourir, pour un fils aussi nul dans la vie. Je me disais que pour moi, ce serait la liberté. Plus d'école, plus d'insultes, plus de coups, et plus rien à apprendre. Avec tout ce qui se passait dans l'école, et à côté de l'école, le racket, l'humiliation, pour moi, mourir, ce n'était pas le pire. Mourir était la délivrance. Mourir était devenu ma seule et unique pensée. En me voyant, les autres devaient se dire : « C'est l'âge bête, l'adolescence, ça arrive à tout le monde. » Mais moi, je savais que je n'étais pas comme tout le monde.

Alors là, quand ils m'ont menacé avec le flingue, j'ai vraiment décidé.

Ils m'ont condamné à me tuer.

2

J'ai toujours eu peur des autres et de la vie. Je pense que je suis né comme ça. Je suis long à me confier, à faire confiance. J'ai peur aussi qu'on me juge.

Parler à ma mère ? Au début, je lui disais tout. Dans les petites classes de mon école – l'école primaire Jacques-Yves-Cousteau, à Marquette –, je me confiais à elle quand j'avais une difficulté pour apprendre. Je lui demandais de l'aide pour faire mes devoirs. À mon père et à mes sœurs aussi. Ils m'aidaient tous. J'avais redoublé le CP et ils savaient que, pour moi, l'école, c'était compliqué. J'avais beaucoup de mal à apprendre. J'avais du mal à retenir. Personne ne m'en voulait pour ça. On disait que je fonctionnais un peu au ralenti. La sœur avec qui je parlais le plus facilement, quand j'étais plus jeune, c'est l'aînée de la famille, Vanessa. Elle m'aidait beaucoup, elle était assez forte. Moi, comparé aux autres dans la classe, dès qu'il fallait écrire sur le cahier, j'étais mal. Certains apprennent en écrivant ; moi, je devais réentendre au moins quatre, cinq fois la phrase pour comprendre un petit peu, et encore pas complètement. Je l'oubliais aussi vite. À la maison, quand j'avais un contrôle, je devais réviser au moins deux semaines à l'avance pour pouvoir retenir un peu. Le professeur disait : « Si ça continue, on va convoquer tes parents, tu n'as pas assez révisé, tu n'as rien compris… » Qu'est-ce que je pouvais répondre ? Que j'étais nul ? Que j'avais révisé des jours et des jours et oublié ce que j'avais appris ? J'avais honte. Pour moi et pour mes parents qui faisaient tout pour m'aider. Les professeurs, eux, ne m'encourageaient pas. Au contraire. Déjà, ils n'auraient jamais dû me laisser passer en sixième. Sur mon bulletin, il était marqué que j'apprenais mal. Mais ils m'ont laissé passer quand même. Peut-être pour se débarrasser de moi… Au collège Albert-Debeyre, à Marquette, je me suis retrouvé en sixième et j'ai eu peur. Quand on arrive dans un collège, avec des plus grands que soi, on se dit que, forcément, on va se faire embêter par eux. Je m'y attendais. J'ai commencé l'anglais, les maths, le français, l'histoire… J'avais beaucoup de mal en anglais et en maths. En français, c'était un peu mieux. Mais j'avais du mal à écrire, je faisais beaucoup de fautes d'orthographe. De la moyenne section de maternelle au CE2, ma mère avait fait appel à une orthophoniste. De nouveau, on a conseillé à mes parents de me faire suivre par une spécialiste. J'y suis allé souvent. Elle devait m'aider à me concentrer. Elle me faisait lire, relire, et encore relire... Moi, je réussissais plutôt bien à lire ; le plus dur pour moi, c'était de retenir. Je suis un peu dyslexique... J'avais l'impression que l'orthophoniste n'arriverait pas à développer ma mémoire. Et que je ne progresserais jamais. Je n'avais plus confiance en moi. J'ai redoublé ma cinquième. Cette deuxième cinquième, ce n'était pas beaucoup mieux, sauf que, pour la première fois, j'ai eu un prof compréhensif ; un professeur de français super gentil qui avait perçu que j'avais de gros soucis pour retenir les leçons. Il m'a donné des cours particuliers, des heures en plus. Il m'a fait apprendre tout doucement, tranquillement, après les cours. Il a refait le programme de l'école au ralenti. Si les professeurs avaient tous été comme lui, peut-être que j'aurais davantage cru en moi. Cette année-là, d'ailleurs, ma moyenne a augmenté. Mais les autres professeurs, eux, s'en fichaient de mes problèmes. Ce qu'ils disaient en classe était bien trop rapide pour moi. Ils n'avaient pas le temps de répéter et les autres se débrouillaient pour comprendre. Pas moi.

Alors le soir, dans ma chambre, au premier étage de notre petite maison, je me posais plein de questions. Je me demandais pourquoi j'avais tant de mal à suivre. Je me disais que si je ne réussissais pas à apprendre en classe, c'était aussi à cause de ceux qui m'embêtaient. Pour eux, c'était devenu une habitude. Tous les jours, ils s'en prenaient à moi et m'empêchaient de suivre les cours normalement. Je ne comprenais pas pourquoi ils faisaient ça. À cause d'eux, j'allais à l'école avec l'impression d'avoir une boule dans le ventre. J'encaissais sans rien dire.

Jamais je n'ai osé en parler à ma mère.

Marie-Pierre

Mon mari et moi, nous sommes, je crois, un couple heureux. Ceux qui nous sont proches le disent volontiers, un couple fort. Nous avons toujours protégé Jonathan. C'est un garçon gentil, très généreux avec son entourage. Dès qu'il le pouvait, Jonathan faisait des cadeaux aux autres. Il ne gardait jamais un sou pour lui. Il cherchait toujours à faire plaisir. C'est comme les gâteaux, il adore en faire pour les autres.

Jonathan a toujours eu besoin du nid familial. L'école, c'était très difficile et douloureux pour lui. Je sais maintenant qu'il a été massacré mentalement par toutes ces histoires de harcèlement.

Les enfants, même jeunes, sont parfois terriblement cruels. Mon fils, lui, est un pacifique. Il ne veut de mal à personne. Il n'a pas de colère en lui. J'ai l'impression qu'il ne connaît pas le sentiment de colère. Ni de haine. Je l'ai rarement vu énervé, ce n'est pas son tempérament. Il n'a rien dit, en tout cas. Sauf une fois, quand il était très jeune, ce devait être en CM2. Je suis allé moi-même régler le problème à l'époque. Ensuite, il n'en a plus parlé. Jonathan est un enfant qui ne se confiait pas de toute façon, un garçon rare en paroles. Lorsqu'il a abordé l'adolescence, comme beaucoup de jeunes de treize ou quatorze ans, il s'est davantage renfermé. Il voulait qu'on le laisse tranquille. Je n'imaginais pas que c'était si grave. Je pensais qu'il n'aimait pas l'école, qu'il n'en pouvait plus de ses mauvaises notes. Il avait toujours des problèmes d'apprentissage. Je me disais que c'était à cause de ça, qu'il n'avait pas réussi à suivre quelque chose à l'école. Je n'étais pas du tout au courant du racket. Et des humiliations répétées. Jamais je n'ai pensé à tout ça. Pour moi, il n'arrivait toujours pas à obtenir une moyenne convenable et ça le minait. De toute façon, il détestait l'école. À seize ans, on se disait qu'il allait enfin pouvoir s'en libérer. En quittant l'école à la fin de la troisième, il n'aurait plus eu le souci d'apprendre des choses par cœur, ce qu'il n'a jamais réussi à faire. Nous avions pourtant tout essayé pour l'y aider. Tout petit, il a eu un orthophoniste pour la dyslexie. Mais il avait d'énormes difficultés à mémoriser et à se concentrer. Dans la famille, on pensait tous que ce problème à l'école, c'était l'essentiel. En dehors du fait, bien sûr, qu'il était adolescent et qu'on sait bien que ce n'est pas forcément le plus bel âge. L'adolescence, c'est l'âge des secrets et du silence.

Une fois, il nous a appelés de l'école pour nous dire qu'il était tombé dans l'escalier. Il voulait qu'on vienne le chercher l'après-midi et qu'on le conduise à l'hôpital. Alors que ce n'était pas vrai, bien sûr. Ce jour-là, il avait fait semblant d'avoir très mal au bras pour fuir de l'école. On ne pouvait rien faire d'autre. Rien. Un mur.

Il ne disait rien.

3

C'est en CM2 qu'ils ont commencé à m'embêter. Ils me « traitaient » du matin au soir. Au début, c'étaient des moqueries, sur mon nom de famille, Destin. Ils trouvaient toujours des mots qui allaient avec. Ils disaient : « C'est ton destin. » C'est ton destin d'être nul… ton destin d'être gros. À force de l'entendre, ça me faisait mal. T'es un con… T'es gros… J'étais assez enrobé. À onze ans, je devais faire dans les soixante-dix kilos. On m'embêtait surtout dans la piscine. Dès qu'ils me voyaient nager, ils balançaient des insultes sur mon compte. Évidemment, mes bourrelets, ils se voyaient bien dans l'eau. Je mangeais très mal cette année-là, parce que je grignotais entre les repas, beaucoup, j'avais toujours faim. Je pense que c'était une compensation. Plus les autres me traitaient de gros, plus je mangeais. La nourriture me réconfortait un peu, surtout le sucré comme les tartines de Nutella ou les biscuits. Ma mère me disait bien de faire attention. Mais moi, plus j'entendais des moqueries, plus j'entendais les insultes – « T'es gros... Gros porc... » – et plus je mangeais. Les garçons et les filles m'embêtaient comme ça tout le temps. C'était plus dur encore quand c'étaient les filles. Je ne disais rien, je ne répondais rien, je me taisais, j'avais peur d'eux. Le matin, je n'osais pas aller à l'école. Mes parents voyaient bien, quand j'avais des contrôles, que ça n'allait pas au niveau de mes notes. Je pense qu'ils savaient que je me faisais embêter. Une fois, ma mère a eu des doutes. Elle m'a suivi sur le chemin de l'école. Elle était loin derrière moi. À un moment, elle a vu des jeunes qui se mettaient à me jeter des cailloux. Ils étaient cachés derrière des voitures. Elle les a reconnus. Ils venaient d'une autre école. Je suis arrivé en classe en pleurant. Ma mère, elle, est allée voir le directeur de cette école et lui a désigné les fautifs :

— Ces trois jeunes-là ont jeté des cailloux à mon fils.

Le directeur les a tout de suite punis et ils n'ont pas recommencé. Mais les autres, ceux de mon école, eux, ont continué. Ils me bousculaient tout le temps. C'étaient des insultes sans arrêt. Un groupe de quatre garçons s'en prenait toujours à moi. Parmi eux, il y en avait un qui, au début, était plutôt gentil avec moi. Du moins, c'était ce que je pensais. On avait le même âge. Et puis un jour, il a commencé à me frapper, parce qu'il m'avait « traité » et que je lui avais répondu. Il s'est mis à me cogner. Et tous ses copains sont venus le rejoindre et ils m'ont tapé tous en même temps. Ils me frappaient sur la tête, dans les jambes, avec leurs mains, leurs pieds. Ils avaient dit du mal sur ma mère :

— Ta mère, c'est une grosse comme toi !

Je n'ai pas supporté ça. Sur moi, je pouvais encore supporter et me taire, mais pas sur elle. J'ai répondu :

— Non, c'est pas vrai, ma mère est pas grosse. De toute façon, vous ne la connaissez pas !

Et ils m'ont frappé juste parce que j'avais répondu. J'ai eu des bleus partout sur les jambes tellement j'avais reçu de coups de pied. Ils étaient quatre, ils s'amusaient. J'ai pleuré. Je suis même parti en courant voir mon professeur principal. Il m'a dit :

— C'est pas grave, ils ne font que s'amuser avec toi.

Il ne les avait pas vus me frapper. Il pensait qu'on jouait ensemble. Il s'en fichait. Après, je les évitais, ces garçons. À la récré, je demandais si je pouvais rester dans la classe pour réviser. Je ne voulais pas sortir. J'essayais de les éviter pour tout. Au début, j'allais à la cantine de temps en temps, quand je ne pouvais pas retourner à midi chez moi, mais je n'aimais pas du tout. On me jetait de l'eau. Ils se foutaient de moi parce que je mangeais trop. Ils me mettaient des coups de pied sous la table, ils rigolaient et me tapaient parce que j'étais gros. Ils me regardaient manger en se moquant de moi. Ils me faisaient des grimaces. Du coup, je n'osais pas toucher à mon assiette. J'essayais d'aller à une autre table, mais la plupart du temps ils me rejoignaient. Il n'y avait pas de surveillants, seulement les cuisiniers et les professeurs. Personne ne voyait ce qui se passait parce qu'ils me donnaient des coups de pied sous la table. Je n'allais pas me plaindre au professeur, j'avais peur de lui, et de ce qu'il m'avait répondu le premier jour. « Ils s'amusent avec toi. » S'il préférait les croire, et ne pas voir, alors j'étais seul. Complètement seul.

À la maison, je l'ai dit une fois à ma sœur. Elle est allée voir l'un des jeunes et l'a engueulé, mais ils ont recommencé. C'était pire.

Ma mère sentait que ça n'allait pas bien. Mais elle ne savait pas qu'ils me tapaient. Je ne disais pas que j'étais battu. D'ailleurs, je n'étais pas l'unique cible. D'autres jeunes se laissaient faire comme moi. Ils avaient tous peur d'eux. On était deux ou trois à se faire embêter comme ça sur n'importe quoi. Moi, j'étais gros, et j'en avais assez d'être gros, mais je ne savais pas quoi faire pour ne plus l'être.

En sixième, au collège Albert-Debeyre, à Marquette, c'étaient toujours autant de moqueries. J'avais douze ans. Ils me traitaient toujours autant sur mon nom de famille, toujours de « gros porc ». « C'est ton destin d'être gros. » J'étais la boule... Le gros porc... Je ne me souviens plus des autres insultes tellement ils en inventaient. Ils se foutaient surtout de moi parce que j'étais gros, que j'apprenais mal, que je m'appelais Destin. C'était comme une punition qui me suivait de classe en classe. Ils me balançaient des bouts de papier, des stylos. Avec leur compas, quand ils étaient derrière moi, ils essayaient de me piquer le dos. Ils étaient plus costauds que moi et je n'ai jamais essayé d'en frapper un. Je n'osais pas.

J'ai toujours été un peu solitaire. Moi, je voulais juste apprendre, rester à l'école, c'est tout. Je jouais du trombone, je faisais du sport, de la natation. J'étais bien dans l'eau, j'aimais beaucoup la brasse, le crawl, la plongée aussi. J'avais de bonnes notes en piscine, j'arrivais à avoir douze, treize, mais avec le football, le rugby, ma note descendait. Je n'aimais pas le football et le rugby, c'était trop violent pour moi. Mais je n'avais pas le choix, c'était obligatoire. Alors j'ai continué à détester l'école. Tout seul dans mon coin, je me disais que l'école, pour moi, c'était de la merde. Au début, c'est ce que je pensais. Et puis je me suis fait une raison : je me suis dit que l'école était faite aussi pour apprendre, qu'on était obligé de passer par là. Aujourd'hui, je me dis que l'école devrait être comme dans le temps. Avant, quand les enfants faisaient des bêtises en classe, ils étaient réprimandés avec une règle sur les doigts. Les profs étaient plus autoritaires. Dans mon école, il n'y avait pas de punition. Il y avait toujours du bruit, des bouts de papier qui volaient. J'aurais bien voulu être dix ans en arrière, dans une école plus sévère. Mes parents m'avaient parlé de leur école à eux. Ce n'était pas comme ça. Maintenant, il n'y a plus d'autorité. Dans la classe, je regardais faire les autres élèves, qui ne respectaient rien. Et les professeurs laissaient faire.

Il faudrait aussi des classes différentes pour les enfants comme moi. J'avais des difficultés, je le savais, mais c'était aussi à cause des autres qui me frappaient. S'ils m'avaient foutu la paix, j'aurais pu faire mieux, dès le début. Mais tout ça me prenait la tête, j'en avais marre d'essayer d'éviter les autres, de rester dans mon coin, d'avoir à venir le matin l'estomac noué. Tout était bon pour eux. Les fringues, il fallait avoir des marques. Si tu n'en avais pas, ils se moquaient de toi parce que tu n'étais pas habillé comme les autres. J'aurais préféré être dans les anciennes écoles, avec un uniforme ou une blouse.

Ils disaient : « T'as pas de marques, t'es pauvre… »

Pour eux, j'étais pauvre, je n'avais pas assez d'argent pour m'acheter des marques, surtout les baskets, les Nike, les Adidas. Je ne pouvais pas leur répondre. Parfois, je pensais des choses dans ma tête à leur répondre, mais je n'osais pas les leur dire. Si j'avais pu, quand ils me traitaient de « grosse boule », j'aurais répondu : « Tu t'es pas vu, tellement t'es mince, tu ressembles à mon petit doigt… »

Même ça, ça ne sortait pas : j'avais peur que ce soit pire, de prendre des coups. Alors je les laissais faire.

Je me suis toujours laissé faire.

Marie-Pierre

J'ai toujours voulu être une bonne mère, mais je crois que je n'ai pas réussi. Le malheur de Jonathan n'est pas le premier qui nous arrive. Vanessa, elle aussi, a connu de gros problèmes.

J'ai souffert énormément quand j'étais jeune. Heureusement, je me suis mariée. Le père de mon mari était le rocher de la famille. Je l'adorais. Notre rocher est parti. Il était comme le père qui m'a tant manqué. Et lui, il m'adorait comme si j'étais sa fille. J'ai pleuré quand il s'en est allé d'un cancer qui ne lui a même pas laissé un an de répit.

Jonathan a été marqué par la mort de son grand-père. Il était encore petit, mais il l'aimait comme nous l'aimions, c'était notre pilier. Notre référence.

J'ai vécu une drôle de jeunesse avant mon mariage. Nous étions trois sœurs et un petit frère. Mon père buvait, tous les jours, absolument tous les jours. En fait, on ne le voyait que soûl. Il n'y avait que des bagarres entre mes parents. Des bagarres à se taper dessus à coups de chaise. Nous n'avons connu que ça. Ma mère a quitté l'école très tôt. Elle voulait qu'on aille le plus loin possible dans nos études, mais ne savait pas comment nous aider à travailler le soir à la maison. Elle-même avait arrêté l'école à dix ans, à cause de la polio, puis d'une jambe cassée. En ce temps-là, on n'allait pas à l'école. Ma mère était la seule fille au milieu de quatre frères. Sa mère était très dure avec elle. Elle ne savait presque pas écrire, ni bien parler. Elle ne pouvait pas nous aider à faire nos devoirs. Mon père, lui, prenait notre cahier et le jetait au milieu de la pièce. Je suis sûre que ma mère nous aimait, mais elle n'a jamais su nous le montrer. Jamais un câlin. Elle avait été élevée trop brutalement. C'était dur. J'ai très mal vécu cette jeunesse. Mon père était chasseur et il buvait tellement qu'un soir il a voulu nous tuer tous. On a dû se cacher derrière la maison, dans des haies, terrifiés dans le noir. Ma mère a dû appeler la police. On pleurait beaucoup quand ils se disputaient. Une de mes sœurs savait défendre ma mère, et se mettre entre eux pendant que mon autre sœur et moi, nous courions chez la voisine, appeler son mari au secours.

— Venez, papa est en train de tuer maman.

Mon père a fait plusieurs cures de désintoxication. Il avait une mobylette, pas de voiture. On n'est jamais sortis de notre petit village de deux cents habitants. Nos seuls moyens de locomotion, c'étaient des vélos.

La ville la plus proche était Saint-Omer, à treize kilomètres. Il y avait un bus une fois par semaine. Étant petits, nous n'avons jamais rien connu ou presque de la vie. À part les cures de mon père, nos seules sorties, quand on lui rendait visite. Il revenait à la maison au bout de plusieurs semaines. Au début, tout allait bien, il prenait ses médicaments, il montrait qu'il nous aimait. Mais quelques jours après, il recommençait, crachait ses médicaments et plongeait dans l'alcool. Il a eu plusieurs accidents très graves en mobylette. Une fois, quelqu'un nous l'a ramené en sang. Il était complètement soûl, et s'était fait renverser par une voiture. Son visage a dû être opéré, il n'avait plus de cheveux, il était méconnaissable. Il avait été dit dans le journal qu'il avait battu un drôle de record dans la région : quatre grammes d'alcool dans le sang. Tout le monde parlait de nous, mais en mal. Une jeunesse comme ça, c'est lourd à porter.

Mes sœurs sont parties très vite de la maison. Je suis restée encore deux ans avec ma mère, jusqu'à mes dix-huit ans. Un jour, elle l'a mis dehors tellement il était invivable. Il est parti chez un copain, dans un autre village. Il était régulièrement hospitalisé. Quelques mois plus tard, alors que nous allions le voir à l'hôpital, ma mère et moi, nous l'avons retrouvé attaché à son lit et mourant. Cirrhose... peut-être pire, on ne savait plus le traiter. Et j'avais mal au cœur ce jour-là. C'était quand même mon père, cet homme hagard, aux portes de la mort, une mort qu'il avait lui-même cherché si longtemps.

Le lendemain, je suis tombée très malade. Les médecins ne savaient pas ce que j'avais. Je me suis retrouvée dans le même hôpital que lui. On m'a opérée d'une possible appendicite, sans trop savoir si c'était le cas. Je me tordais de douleur, j'avais trop mal au ventre. Mon appendice n'avait rien, mais mon père est mort ce même jour. Quand j'ai appris sa mort, j'ai eu la sensation qu'on m'arrachait tout à l'intérieur, tellement j'avais mal. Le jour de l'enterrement, j'étais encore à l'hôpital : je n'ai même pas pu m'y rendre.

Jonathan sait ces choses de mon passé. J'ai parlé à mes trois enfants. Ils savent qu'ils sont la plus belle chose que j'ai faite. Je n'ai rien fait dans ma vie que mes trois enfants. Je les ai voulus, très jeune, et je voulais leur montrer que je les aime. Mes enfants, je n'arrête pas de les prendre dans mes bras, tous les jours j'ai besoin de leur dire que je les aime.

Et mon fils, je l'ai protégé de mon mieux parce qu'il est fragile. Mon Jonathan, qui a voulu mourir à seize ans sans rien me dire de sa souffrance, sans rien dire à son père, à ses sœurs, seul, sans nous pour l'entourer d'amour… De quoi suis-je coupable ? D'avoir accepté son silence ? Il cachait quoi, ce silence qu'il a gardé jusqu'à vouloir mourir comme ça ? Je prie pour qu'on comprenne tous, dans la famille, ce qui l'a poussé au suicide, au point de se transformer en torche vivante. C'est trop horrible de vouloir mourir comme ça. Je ne le laisserai jamais seul, je lui rendrai la vie. Je sais qu'on me voit comme une maman possessive. Je l'ai mis au monde comme mes filles, pour qu'ils soient tous heureux.

Je les aime tous.

Je prie.

4

En sixième, je n'avais pas de copains, en cinquième non plus. Quand j'ai redoublé, les nouveaux sont arrivés. Pour faire pareil, s'attaquer à moi parce que je me laissais tout le temps faire. Je ne répondais pas. Ils se regroupaient entre eux. Ils me cherchaient sur le physique, les fringues, les filles aussi. Moi, je n'avais pas de copine, alors j'étais encore plus un con pour eux. Dans ma tête, je les traitais de grands cons. Mais ça ne sortait pas. J'espérais tellement qu'ils m'oublient, me lâchent pour de bon.

Dans la classe, pendant les cours, ça allait encore. Mais c'était à la récréation. Je voyais arriver les grands du collège, ceux de troisième. Souvent, je restais dans les couloirs ou dans une cage d'escalier, pour me cacher, j'attendais que ça passe. Les professeurs, eux, voulaient m'obliger à quitter mes cachettes.

— Il faut aller dans la cour de récréation, il faut aller jouer… allez !

Mais moi, je ne jouais pas dans cette cour, je me faisais frapper. Je répondais aux professeurs :

— J'aime bien rester seul. Je réfléchis.

Je n'ai jamais dit qu'ils m'embêtaient. Les grands m'avaient prévenu de me taire :

— Sinon, demain, on va te faire encore plus mal.

— On va te tabasser, on va te tuer…

Ils se croyaient plus forts que tout le monde.

L'année de quatrième a été pire que les autres. À la fin de ma deuxième cinquième, mes parents avaient décidé de me changer d'école. Ils m'ont mis au collège Saint-Pierre, à Lille, un établissement privé avec une classe de quatrième beaucoup plus ralentie. J'avais le même programme que les autres quatrièmes, mais en plus lent. Ça me convenait mieux, ma moyenne était bien meilleure. Malheureusement, les élèves étaient aussi embêtants avec moi. Pas ceux de ma classe, mais les élèves des autres classes de quatrième, les classes pas aménagées. Ils m'attaquaient dans la cour. C'était un collège-lycée, et les lycéens s'en prenaient aux collégiens. Ils faisaient un mur autour de moi. Ils se mettaient devant et de chaque côté, pour que je ne puisse pas m'échapper. Ils me traitaient de bon à rien. Ils disaient :

— Bon à rien, tu sers à rien… T'as rien à foutre là, ça sert à rien, pour toi, d'être sur Terre… Faut te barrer…

Un jour, ils m'ont coincé contre le mur et m'ont cogné la tête. Un prof est intervenu, mais les autres ont dit que j'étais tombé tout seul.

— Non, c'est pas nous, c'est lui, il s'est fait mal tout seul, on n'y est pour rien.

Moi, j'ai dit que c'étaient eux qui m'avaient tapé. Mais il ne m'a pas cru. Il a cru les autres parce qu'ils étaient quatre ou cinq. Le prof, lui, était tout seul et, peut-être, il ne voulait pas d'ennuis. Les profs ont souvent peur qu'on leur crève un pneu. Après, pour eux, c'est trop de problèmes, alors ils laissent tomber. C'est pour ça aussi qu'on ne dit rien.

Parce que ça ne sert à rien.

Je rentrais à la maison, je m'enfermais dans ma chambre, je pleurais. J'ai commencé à maigrir. Je ne mangeais déjà pas le midi. Je rentrais chez moi, j'allais directement me coucher. Je ne mangeais pas le soir non plus. Dans mon lit, j'écoutais de la musique metal à fond. Rammstein, Korn, j'aime bien leur langage, leur bruit. Je pouvais passer des nuits entières à les écouter au casque. J'essayais d'oublier. Mes parents se disaient « il est à l'âge bête ». Ils ne comprenaient pas. Ce n'est pas leur faute si j'étais aussi coincé. Si j'avais parlé, ils seraient intervenus et ça m'aurait valu des coups. J'étais humilié à l'idée de raconter ce que j'avais déjà subi. J'imaginais la réaction de mon père. Il n'aurait pas compris pas que je ne sois pas fort comme lui, que je ne me débrouille pas tout seul. Je ne voulais pas qu'il ait honte de moi. Il m'aurait défendu, c'est sûr, mais justement, dès que j'y pensais, je me disais que ce serait pire que de prendre des coups. Il fallait que je m'en sorte tout seul.

Au collège, personne n'est intervenu. Personne ne m'a pris à part pour me demander si j'avais des soucis. Pourtant, ils devaient bien les entendre, les voir faire. Et puis j'ai pensé que je devais maigrir. Ne plus être gros pour ressembler à tout le monde. Comme ça, ils ne pourraient plus m'insulter ni m'embêter. Je n'avais plus que ça dans la tête. J'ai mangé de moins en moins. J'ai perdu des kilos. J'en ai perdu une dizaine en quelques mois.

Mes parents se sont inquiétés de me voir maigrir si vite. Ils m'ont emmené chez le médecin qui leur a dit que j'étais très bien pour ma taille.

Mes parents ont dû insister. Ils ont dit au docteur que je ne mangeais presque plus. Ils ne trouvaient pas ça normal. Alors j'ai recommencé à manger, mais pas beaucoup. Le soir, au lieu de me servir deux fois, je ne remplissais mon assiette qu'une fois, et à petite dose. Je me suis mis à la course à pied aussi. J'avais arrêté la natation parce que je n'en pouvais plus de leurs moqueries. Apprendre à courir plus vite, je me disais que ça me servirait, le midi, pour éviter les élèves.

Du coup, ils ne me traitaient plus de gros. De ce côté-là, j'avais gagné. Mais ils me traitaient toujours sur mon nom de famille. Le soir, je pleurais beaucoup dans ma chambre. Ça me faisait du bien, mais à force de pleurer, je me sentais un peu dépressif. Je ne savais plus où me tourner. Je pleurais tous les soirs. En fait, ça s'arrêtait plus. Un jour, j'ai rencontré un médecin qui est venu dans la classe de quatrième. C'était un psychologue. Il a demandé à chaque élève de venir le voir seul dans son bureau. Il fallait remplir une feuille avec des questions pour dire si tout allait bien ou non.

J'ai rempli la feuille, j'ai été sincère. Je croyais que cette feuille était comme un secret. Et j'étais un peu soulagé de dire que je pleurais beaucoup et que j'allais mal. Mais le psychologue est venu nous voir. Il a dit que, pour tous les élèves qui avaient écrit qu'ils n'allaient pas bien, il appellerait les parents. Ça voulait dire qu'il allait appeler les miens. J'ai paniqué. Je suis allé le voir tout de suite, je lui ai raconté que j'avais fait semblant d'écrire tout ça. Comme si ça parlait de quelqu'un d'autre, en fait. Quelqu'un qui avait peur de parler. Comme si je l'avais fait à sa place, que c'était pas moi cette histoire.

Du coup, il n'a pas appelé mes parents. J'ai eu très peur ce jour-là. En même temps, j'espérais que ce psychologue comprenne, en me voyant, que j'allais mal et qu'il me propose de parler. Mais ça n'avait pas l'air possible. Ou alors il n'a rien vu du tout. S'il m'avait proposé de parler en m'assurant que le secret serait bien gardé, je me serais confié, je pense. Il y avait aussi une infirmière au collège, mais j'avais du mal à lui faire confiance. Je ne la trouvais pas super gentille. Il fallait vraiment qu'on soit très malade pour qu'elle écoute.

Dans ma tête, j'étais comme dans une prison. Je voulais être malade pour ne plus aller à l'école. Je me disais que j'aurais bien voulu être handicapé, rester tous les jours à l'hôpital, pour ne plus aller à l'école. Je voulais tout faire pour ne plus y aller.

Toute cette année de quatrième, je ne pouvais parler à personne. Je n'avais pas d'amis. Les filles, j'avais trop peur de leurs copains. Sinon, j'aurais bien aimé avoir une copine. Mais je n'ai jamais osé. J'étais timide. Je suis tout le temps timide. Pourtant, parler avec une fille, ça m'aurait fait du bien.

Je me souviens que, quand j'avais dix ans, j'avais une copine. Elle était jolie. Une brune avec des yeux bleus. Assez grande. Elle travaillait bien à l'école mais on n'était pas dans la même classe. Elle était au-dessus de moi. Je la trouvais tellement belle. On jouait ensemble, ça a duré assez longtemps, à peu près un an. Ses parents n'habitaient pas très loin de chez moi.

J'étais amoureux, on se regardait, on allait se promener. J'étais content. Mais elle a déménagé pour aller un peu plus loin dans la même ville et on s'est perdus de vue. Je ne l'ai jamais revue et ça m'a causé du chagrin. Elle le savait. Avant qu'elle s'en aille, je lui ai dit que j'avais de la peine. Elle m'a dit qu'elle avait du chagrin, elle aussi. Après elle, ça n'a plus été pareil. Je n'avais plus envie d'aller me promener. Je suis resté tout seul. Je n'ai pas réussi à me faire d'autres amis, encore moins de petite copine. J'ai dû attendre longtemps avant de rencontrer une fille que je trouvais jolie et qui voulait bien parler avec moi.

Entre-temps, j'ai déprimé de plus en plus. Et plus je me taisais, plus j'étais malheureux. Plus je me trouvais nul, moins j'arrivais à travailler, et plus les autres m'embêtaient. En classe, même si j'avais la bonne réponse à une question, je n'osais pas lever le doigt. Je me serais fait chahuter encore plus, dehors, dans la cour.

— Alors tu fais le malin, gros porc ? Tu fais le chouchou ?

La prison était dans ma tête. Je me réfugiais à la maison dans ma chambre. Tout seul à pleurer ou à regarder le plafond, la musique à tue-tête. Avec la peur de sortir tout seul, la peur de l'école, la peur des autres. Et il fallait que je réponde tout le temps :

— Ça va ! Ça va ! Laissez-moi tranquille.

J'ai commencé à réfléchir à la mort.

À la paix dans un autre monde.

Aurélie

J'avais deux ans et demi quand Jonathan est né. Mon frère, je le connais un petit peu, mais on ne se parle pas tellement. Et je ne parle pas beaucoup non plus. J'ai toujours été comme ça. On ne jouait pas trop ensemble. On n'était pas très proches, on se disputait comme beaucoup de frères et sœurs. Quand on jouait, ça finissait souvent en querelles. Entre Jojo et moi, c'était des batailles de gosses permanentes. Notre écart d'âge créait une vraie différence. Il avait cinq ans quand j'en avais sept, dix quand j'en avais presque treize… et quand il a eu seize ans, j'en avais déjà plus de dix-huit, alors…

Je n'ai jamais repéré chez lui de comportement particulier. Il ne m'a jamais rien dit sur quoi que ce soit. J'étais en troisième quand il est arrivé en sixième. Je ne le croisais pas beaucoup. Moi, je me trouvais bien en troisième. Les profs étaient gentils. C'était une classe mixte. Il y avait des élèves qui embêtaient les autres, comme partout, mais personne ne m'a jamais « traitée ». Une fille, ce n'est pas pareil. J'avais beaucoup de copines, on était toujours ensemble, les garçons, eux, étaient un peu à part.

J'ai remarqué qu'il maigrissait vers quinze ans. Je l'avais dit à maman. Je me demandais s'il n'était pas anorexique. Il mangeait en toutes petites quantités, pas grand-chose. Il ne m'a pas dit qu'on lui piquait ses cinq euros pour déjeuner. Qu'il était racketté. Il ne me disait vraiment rien. Je l'ai su après.

Quand il a eu son « accident », on en a un peu parlé au téléphone, longtemps après, jamais face à face. Plusieurs mois plus tard, il a été soigné pour une dépression à Armentières. Il m'a demandé de venir le voir, mais je ne pouvais pas, je venais d'avoir mon petit garçon et il n'avait que quatre mois. La seule raison qu'il m'ait donnée, c'est que des garçons lui demandaient de plus en plus d'argent. Il m'a dit qu'il en avait marre. Il m'a parlé aussi du pistolet. Je crois que c'est pour ça qu'il a fait ce geste. Jusqu'à ce qu'il sorte du coma, on n'a pas compris du tout. Personne ne savait ce qu'il avait dans la tête. Sur le coup, on s'est tous posé des questions. On ne savait pas vraiment. Personne ne savait. On n'avait pas de réponse.

On ne se pose sûrement pas assez de questions sur les autres. Parfois, quand on se parlait, je lui demandais : « Est-ce que ça va ? » Comme il répondait oui, il n'y avait pas de souci. Mais quand il a commencé à maigrir à vue d'œil, on s'est inquiétés. Il a perdu très vite une dizaine de kilos. On se rassurait en se disant qu'il avait beaucoup grandi et que c'était sans doute pour ça… Maman a essayé de le faire manger. Moi, il ne m'aurait pas écoutée si je lui avais dit quelque chose. Ou il m'aurait dit oui et il ne l'aurait pas fait. La seule qu'il écoutait, c'était maman.

Vanessa

Avec Jo, j'ai essayé de jouer le mieux possible mon rôle d'aînée. Je l'ai aidé à surmonter ses difficultés scolaires. Le soir, je faisais souvent ses devoirs avec lui. Je l'ai aidé surtout à l'école primaire, un peu moins quand il était au collège. Les difficultés de Jonathan étaient assez grandes. Quand, par exemple, un enfant apprenait une leçon en une ou deux soirées, il fallait à Jonathan une bonne semaine. Malgré cela, il n'avait pas une bonne note. Un exercice fait et expliqué la veille, il ne savait pas le refaire. Il fallait lui réexpliquer depuis le début. En fait, Jonathan avait un tel retard qu'il aurait pu aller dans une école spécialisée, mais il était à la limite du niveau nécessaire. Comme il n'avait pas de handicap majeur, il est resté dans une école dite normale.

Il n'a pas le vocabulaire facile, il n'a jamais beaucoup parlé. Je ne l'ai encore jamais entendu tenir une longue conversation. Et il ne lisait pas beaucoup non plus. Je n'ai jamais su ce qu'il ressentait vraiment.

Puisqu'il ne s'exprime pas beaucoup, j'ignore s'il saurait mettre des mots sur ce qu'il ressent profondément. Mais c'est de famille : mon père et moi, nous sommes pareils.

Je me suis rarement disputée avec Jonathan, contrairement à Aurélie. Eux ont eu une relation assez conflictuelle pendant l'enfance et l'adolescence. Pour autant, on ne s'est jamais beaucoup parlé. Je savais bien que l'école ne lui plaisait pas du tout, mais je pensais que c'était uniquement dû à ses grosses difficultés scolaires. Comme lui, j'ai été au collège Albert-Debeyre, à Marquette-lez-Lille. J'y ai vécu de très mauvaises années parce que l'adolescence est compliquée, mais je n'ai jamais connu le moindre problème avec les autres élèves. Du coup, je n'ai pas compris son mal-être. Je ne le voyais pas forcément différent du mien. Dès que j'ai quitté le collège, tout a été mieux pour moi. Donc je pensais qu'il s'agissait juste de la « phase bête » de l'adolescence à passer, pour lui comme pour les autres.

Je me souviens qu'un été, en revenant d'une colonie de vacances où j'étais partie travailler un mois et demi, j'ai revu Jonathan métamorphosé. Il avait dû prendre dix centimètres et perdu au moins cinq kilos. À ce moment-là, j'ai cessé de le voir comme l'enfant que j'avais toujours connu. Il était devenu un adolescent. C'était en 2009. Ensuite, je suis partie faire mes études à une centaine de kilomètres de Lille, ce qui a contribué à nous éloigner encore un peu plus. L'été d'après, Jonathan a continué à perdre beaucoup de poids. J'en ai parlé avec ma mère. Ça commençait à devenir un vrai souci, il devait aller voir un médecin. J'en ai aussi parlé à Jonathan, mais il ne me disait rien. On a continué à aller au cinéma, à faire des sorties. Sans confidences particulières.

Comme si de rien n'était.

5

Si seulement j'avais été tranquille à l'extérieur de l'école. Mais, très vite, le racket a commencé à la sortie du collège Saint-Pierre. Eux, ils venaient d'une autre école. C'était toujours le même groupe qui m'attaquait. Ils me demandaient de l'argent. Ils me guettaient, me suivaient. Tout ce que j'avais dans mes poches, c'était pour eux. De Lille, pour rentrer chez moi, je devais marcher un bon quart d'heure, puis prendre le métro et encore un bus. Tout de suite après le collège, il y avait une école de kiné avec, devant, un grand hall où les voitures pouvaient se garer. Souvent, ils me traînaient là, entre les bagnoles, quand je passais pour rentrer chez moi. Ils m'attrapaient, me traitaient de tous les noms. Des fois ils me tabassaient. Ils me disaient :

— Donne-nous ton blé…

Ils étaient plus grands que moi. Ils avaient au moins trois ans de plus que moi. Ils me menaçaient comme ça :

— Si tu me donnes pas ton fric, on va te tabasser à mort.

Ma mère me donnait le matin cinq euros pour manger à midi. Ça me permettait d'acheter un sandwich et une boisson. Alors, au lieu de manger, je leur donnais l'argent et, du coup, à midi, je ne déjeunais pas. Pas tous les jours, mais presque. Je leur ai donné comme ça au moins deux cents euros. Je leur donnais juste pour éviter les coups. Sinon, ils me menaçaient, me fouillaient. Pour trouver de l'argent, ils prenaient mon sac à dos et renversaient toutes mes affaires d'école par terre. C'était au moins deux fois par semaine. Parfois, pendant une semaine, ils ne me rackettaient pas. Ils s'en prenaient à d'autres enfants. Ou alors ils ne me voyaient pas et j'avais le temps de partir en courant. Ils étaient beaucoup plus grands que moi. Je ne savais pas dans quelle école ils étaient.

Au collège Saint-Pierre, je ne pouvais pas aller à la cantine, c'était beaucoup trop cher. Mes parents m'avaient mis dans cet établissement parce que le programme du collège était ralenti. Pour apprendre, c'était mieux, mais pour le reste, c'était pire. Je n'ai jamais osé le dire à mes parents. J'avais peur des représailles. Je craignais que mon père ou ma mère aille les voir et que le lendemain ils me frappent encore plus fort. Une fois, j'avais pris la calculatrice de ma sœur, ils me l'ont volée. Je n'avais pas de téléphone portable, je n'avais rien. Tout ce que j'avais sur moi, ils me le prenaient. Cinq ou six fois, en plus des cinq euros, j'ai pris de l'argent à ma mère pour le leur donner. Je ne pouvais pas faire autrement. Ma mère croyait que c'était mon père qui se servait quand il en avait besoin. Parfois, en sortant du travail, il était crevé, il allait boire une bière pour être tranquille et se reposer. Ma mère, elle, n'aimait pas ça. Ça lui rappelait trop son père, qui était soûl tout le temps.

Pendant ce temps, à l'intérieur du collège, ça continuait. Ils ne me lâchaient pas. Ils continuaient à m'insulter, à me coincer contre les murs. J'étais comme pris dans un piège. À l'intérieur et à l'extérieur de l'école. Sans issue. L'année suivante, je suis parti faire ma troisième au lycée Vertes-Feuilles, à Saint-André, pas loin de Marquette. Mes parents sentaient que ça n'allait pas à Saint-Pierre. Dans ce lycée, il y avait aussi une classe spéciale, avec un programme plus lent. Alors, ils ont voulu essayer. Dans ma tête, j'espérais qu'avec ce nouvel établissement, tout s'arrêterait. Mais ça n'a rien changé. Le groupe des quatre m'a retrouvé. Ils me suivaient partout, en fait. Pour mes seize ans, le 9 décembre 2010, toute ma famille m'avait donné de l'argent : mes parents, ma marraine, mes deux grands-mères. Au total, ça devait faire une centaine d'euros. J'ai dû tout leur laisser en plusieurs fois. Je l'ai fait en ayant honte de moi. À seize ans, normalement, on est solide, on a du caractère. Mais moi, je n'étais pas assez mature.

Maintenant, je vois la différence, je suis plus mûr qu'avant. Je sais prendre des décisions qu'avant je ne savais pas prendre ; des décisions du genre le dire à la police, en parler à mes sœurs, parler à un professeur. J'aurais dû le faire… mais je ne pouvais pas leur parler, j'avais honte de leur réaction. Et peut-être qu'eux, ils auraient eu honte de moi. Ils auraient pu se dire que leur fils ou leur petit frère ne devait pas être comme ça, qu'il ne devait pas se laisser faire. Je ne sais pas trop dire pourquoi, mais ça reste en moi.

Ce n'est pas que je craignais mes parents, mais en moi, j'avais honte. J'avais encore plus honte de parler à mon père. Parce qu'un père, c'est quelqu'un de courageux. Lui, il aurait su se débrouiller, contrairement à moi. Il aurait fait face. Mon père, il s'est toujours assumé. Il n'a jamais eu besoin de ses parents. Il a toujours été un homme qui ne se laissait pas faire, qui tenait tête. Ma grand-mère ou mon grand-père me l'ont toujours dit. Et puis je le vois dans son regard. S'il veut obtenir quelque chose, il va se débrouiller seul, il va se battre pour réussir.

Quand il avait seize ans, mon père travaillait déjà. Il était dans l'armée, dans la marine, comme mécanicien. Il a fait ça tout seul. Il s'est engagé de lui-même, sans rien demander à personne. Pour moi, c'est énorme. Moi, à mes seize ans, je n'aurais rien pu faire de tout ça.

Mon père ne m'a jamais rien reproché d'important. Mais je pense qu'il aurait préféré que je me débrouille un peu plus. J'avais besoin d'aide pour tout. Je me suis toujours accroché à mes parents. J'avais peur de la vie, de tout ce qui se passait dehors. Depuis que je suis petit, je reste beaucoup enfermé chez moi. Je n'ai jamais eu beaucoup de copains. J'en ai eu un seul en fait, Yoan, quand j'étais en sixième. On n'était pas dans la même école, mais il habitait dans ma rue. Je jouais avec lui dehors, on faisait du vélo ou de la trottinette. Je jouais seulement avec lui, avec personne d'autre. Ma mère nous emmenait tous les mercredis à la piscine. Du coup, quand il a déménagé, à la fin de l'année, très loin, à Châlons-en-Champagne, dans la Marne, je me suis retrouvé vraiment seul. C'est peut-être à ce moment-là que je me suis mis à déprimer. À ne plus croire en rien.

En quatrième et en troisième, je pensais à la mort tout le temps. Oui, chaque jour, j'y pensais. C'est pour ça que je suis allé faire un stage dans les pompes funèbres. En octobre 2010. Mon cousin Loïc travaillait là-bas, je lui ai demandé s'il pouvait me prendre. C'était un stage obligatoire. Un stage d'observation. J'ai choisi ça. De toute façon, je ne savais pas trop quoi faire, j'étais nul en classe. Mon cousin m'a aidé à formuler la demande. À écrire la lettre de motivation. Je voulais voir comment ça se passait. La mort, je voulais la voir, la comprendre.

J'ai passé deux semaines dans l'entreprise de mon cousin. J'ai vu beaucoup de morts. Je ne pense pas que tous les jeunes de mon âge auraient fait ça : regarder comment on prépare un mort, le mettre dans son cercueil, le laver, l'habiller…

Au début, ça m'a intéressé, mais, finalement, ça n'apprend rien un mort.

Mes parents, d'ailleurs, n'étaient pas trop pour ce travail. Moi, je savais que je n'allais pas faire ça non plus toute ma vie. C'était juste un cap. Mais c'est vrai, ça m'a plu quand même… Quand mon grand-père est mort – je devais avoir cinq ou six ans –, j'ai voulu savoir comment il était réellement mort. Comment ça s'était passé. Je voulais regarder la mort en face. Je m'en souviens comme si c'était hier. J'aimais beaucoup mon grand-père. Peut-être pas autant que mon père, mais, pour moi, c'était l'exemple de la famille. Il avait tout réussi dans sa vie. C'était le père de mon père. Il avait fait la guerre de 40, il avait travaillé, il avait un bon métier, je ne sais plus quoi. Il était grand, costaud, j'étais admiratif. Il s'appelait Paul Destin. Pour sa mort, je n'ai pas bien compris ce qui s'était passé. Ça m'est resté dans la tête. On m'a dit qu'il était parti au paradis. On est un peu religieux dans la famille. On ne va pas tout le temps à l'église, mais on croit en Dieu. C'était rassurant qu'il aille au paradis, mais ça ne me disait pas comment ça s'était passé. Comment ça se passe vraiment la mort. À quoi ça ressemble. Pendant mon stage, j'ai vu toutes les morts : les suicides, les morts par accident, les accidents cardiaques, les morts de cancer, des jeunes, des vieux, des bébés... J'aimais bien ce travail, c'était calme, personne ne pouvait me faire de mal. Et puis on travaillait en équipe. Avec mon cousin, quand il fallait porter le cercueil, j'étais le premier à vouloir aider, cercueil ouvert ou fermé. J'ai appris à nettoyer les corps. Je n'ai pas le droit de l'expliquer, c'est un secret professionnel. C'est difficile comme boulot, mais ça me fascinait. Tout faire pour que le mort soit beau quand on le présente à la famille. J'aurais pu en faire mon métier. J'en avais parlé à mes parents, ils ne savaient pas trop quoi dire. Mon cousin, lui, il me comprenait parce qu'il aimait beaucoup son métier. Par contre, il ne voyait pas pourquoi j'étais autant fasciné par la mort. Tout ça, c'est vraiment à cause de mon grand-père. Je l'ai vu mort, chez lui, sur son lit. Je n'ai pas eu peur en le voyant. J'ai beaucoup pleuré, parce que j'étais triste, mais je n'ai pas eu peur. Après, je suis allé à l'enterrement et j'ai toujours gardé ça dans ma tête. J'ai toujours voulu savoir ce qu'il y avait derrière la mort. J'essayais de leur parler, aux morts, de leur dire qu'on s'occupait bien d'eux. Je me penchais vers eux et je leur disais :

— Je vais vous faire beau pour votre famille, on va vous laver, vous habiller…

Ça ne me répugnait pas. Je n'étais pas impressionné. Quand je voyais les corps arriver au funérarium, je disais à mon cousin :

— Tiens, lui, il est mort comme ça.

Et je ne me trompais pas souvent. Je le voyais à la couleur. Sur un mort, il y a des traces, mais c'est la couleur du corps qui détermine la cause. Les morts par l'alcool, par exemple, c'est une couleur particulière. J'ai vu aussi des gens qui avaient été tués par balle. Je n'avais pas peur. J'étais fasciné. Je cherchais à comprendre. Je pensais qu'on pouvait aller au paradis ou en enfer. Je pensais que c'était une autre vie après. Je pensais qu'il y avait un autre monde derrière. Je voulais voir cet autre monde. Peut-être un monde meilleur, de paix. Comme on raconte aux enfants, au ciel, sur des nuages ; un monde où toutes les personnes se respectent et où il n'y a pas de bagarres. Les morts, je ne les vois pas en fantômes, mais avec leur corps, tels qu'ils sont partis. Dans ce monde meilleur, ils n'ont plus besoin de rien. Ils ont besoin de manger quand même. Je pensais que c'était la même chose que sur Terre, mais en mieux. Dans ce monde, je ne sais pas ce que j'aurais fait, rien peut-être. Je me voyais avec une fille, me marier, faire des enfants, avoir un bon travail, bien gagner ma vie, avoir une belle maison, avoir beaucoup d'enfants et même devenir grand-père. Je n'ai pas arrêté de croire à ce monde meilleur.

Jusqu'au moment où ils m'ont collé un pistolet sur la tête.

Ce jour-là, j'ai décidé de mourir.

Marie-Pierre

La chambre de Jonathan était toujours bien rangée. Il n'avait pas d'ordinateur personnel, il se servait parfois de celui du salon, mais je pouvais toujours contrôler ce qu'il faisait. Sur Internet, je sais qu'il cherchait des renseignements. Sans danger apparemment. Comme pour savoir parler à l'église aux enterrements. Son cousin Loïc, maître de cérémonie dans les pompes funèbres, sait dire de belles choses pour réconforter les familles dans ces moments-là. Pendant le stage qu'il a fait là-bas, Jonathan avait vu une jeune fille parler comme ça. Il avait trouvé la fille très belle, il était un peu amoureux. Il me disait qu'elle savait bien s'exprimer. Il avait regardé sur Internet des choses de ce genre. Des lettres de condoléances. Elle lui en avait donné, je crois. Mais j'ignorais totalement qu'il avait cherché des informations sur le suicide. Je ne suis pas toujours derrière lui.

Après ce qu'il a fait, nous avons fouillé dans l'ordinateur, mais nous n'avons rien trouvé. Jonathan a décidé de s'immoler par le feu parce qu'il avait entendu à la télévision, quelques jours avant, l'histoire d'un jeune qui était mort de cette façon. Je me souviens encore de ce jour-là. C'était très peu de temps avant, trois ou quatre jours dans mon souvenir. Il était près de moi lorsque ce reportage est passé. Je lui ai dit :

— Tu te rends compte, Jonathan, quelle souffrance ce garçon a dû vivre…

Quand j'y repense, je me demande si c'est moi qui l'ai incité. On a beau me dire que personne n'est réellement responsable du suicide de quelqu'un, que l'on ne peut ni comprendre ni empêcher… c'est extrêmement difficile.

Jonathan le dit maintenant, il a terriblement souffert des humiliations qu'il a subies. Il s'en voulait énormément de se laisser faire. De ne pas être capable de régler le problème tout seul. Il ne voulait pas me parler, et encore moins à son père parce qu'il considérait que c'était de la faiblesse. Il avait l'image du père, mais aussi celle du grand-père qu'il adorait, quelqu'un de fort, de puissant. Et il se sentait incapable d'avoir ce niveau de sûreté de soi. À cet âge-là, on n'est sûr de rien du tout, encore moins de soi-même. Il y a un moment où ça décroche et c'est presque une absence de raisonnement. Une petite folie. La manière dont il est parti, comme un automate, c'est de la folie. Il se souvient même du prix de la bouteille d'alcool à brûler. J'ai retrouvé le ticket de caisse, quelques jours après, dans une poche de pantalon. Il était venu se changer avant.

Je croyais qu'il m'avait laissé une lettre. J'ai fouillé toutes les poches pour la trouver, mais rien. C'est ce rien qui fait mal. Car on ne pouvait pas comprendre, on ne savait rien de ce qui avait déclenché cette volonté de mourir.

Je me souviens bien de la veille. Jonathan était allé à l'école. À peine rentré, il a voulu rejoindre sa chambre. Il a juste dit :

— Je monte.

Ce jour-là, le lundi, mon mari était en déplacement à Nantes pour la semaine. C'est la première fois qu'il partait aussi loin et aussi longtemps. Je me retrouvais seule. J'ai dit à Jonathan :

— Pourquoi tu montes ? Maman est toute seule devant la télé…

— J'ai pas envie, je monte.

J'ai fait à manger, et je suis montée le voir.
- Maintenant, le dîner est prêt, tu vas descendre manger avec maman.

Et là, il m'a répondu :

— Non. Je n'ai pas faim.

— Tu vas quand même descendre avec moi, tu ne vas pas me laisser manger toute seule. On va regarder un petit peu la télé ensemble.

Et non, il ne voulait pas. Il était allongé sur son lit, je voyais qu'il réfléchissait, qu'il pensait, mais à quoi ? Il ne me parlait pas. Souvent, je lui demandais :

— Jonathan, dis-moi ce qu'il y a…

— Rien…

J'avais beau insister :

— Jonathan, dis-moi ! Dis à maman ce qui ne va pas…

Non, il ne me répondait pas. Il ne voulait pas me dire ce qu'il avait au fond de lui.

— Va-t'en, laisse-moi, je veux être seul.

Je voyais bien qu'il y avait quelque chose qui l'embêtait. Quand on réfléchit comme ça, qu'on est triste, il y a forcément une raison, mais il ne voulait rien me dire.

Ce lundi-là, je n'étais pas à Marquette. Je travaillais à Lille, dans le café tenu par ma sœur Anne-Marie. Depuis quelque temps, j'essayais de la soulager un peu. Un an auparavant, elle s'était fait agresser par deux hommes. C'était au moment de fermer, il n'y avait plus qu'un seul client dans l'établissement. Les deux gars sont entrés, ils ont sorti une batte de base-ball qu'ils avaient dans le dos. Ils ont d'abord agressé le client et se sont attaqués ensuite à ma sœur. Comme elle se débattait, ils se sont acharnés sur elle. Elle a eu le nez cassé, un œil perdu, des blessures partout. Ces salopards n'ont jamais été retrouvés. Elle n'a jamais pu les reconnaître. Depuis cette agression, Anne-Marie a subi d'autres attaques, porte cassée, caisse volée. Elle est tombée en dépression. Elle a cherché à vendre son café mais, avec l'interdiction de la cigarette, la fréquentation a chuté et aucun repreneur ne s'est manifesté. Du coup, on a décidé de l'aider en tenant le café de temps à autre. Jonathan ne me l'a jamais dit, mais il avait très peur pour moi quand j'allais remplacer ma sœur. Parfois, je m'y rendais le soir. Ma sœur avait lancé des soirées karaoké qui lui rapportaient un peu plus d'argent. Ça démarrait vers 20 heures et ça finissait à 2 ou 3 heures du matin. Jonathan se retrouvait seul, il ne voulait pas venir avec nous. Je lui proposais d'aller chez sa sœur Aurélie. Il refusait. Le lendemain, on était fatigués. Parfois, ma sœur nous réclamait encore ce jour-là. Jonathan était de nouveau seul.

On avait beau lui dire que c'était provisoire, il n'aimait pas ça. Moi, ça m'ennuyait de le laisser comme ça. Il avait seize ans, il déjeunait chez sa grand-mère, mais je n'étais pas sereine.

Quand il a fait « ça », j'étais au café, et mon mari à Nantes. À midi, Jonathan avait l'habitude de me téléphoner depuis chez ma mère. Le matin, il m'avait dit au revoir. Je l'embrassais tout le temps quand il partait. Ce jour-là, j'étais occupée à faire ma vaisselle. Il n'est pas venu m'embrasser. Il m'a seulement dit :

— À ce soir, maman.

Je lui ai répondu, les mains dans la vaisselle :

— À ce soir…

On s'est salués sans vraiment se voir. Il a pris son vélo, il est parti. D'habitude, j'allais lui dire au revoir sur le pas de la porte. Mais ce n'était pas la première fois qu'on se disait au revoir à distance. Ça arrivait souvent quand j'étais occupée à quelque chose. À midi, systématiquement, il me passait un coup de fil au café. Mais ce jour-là, il ne l'a pas fait non plus. Malgré ça, à aucun moment je n'ai senti que ce n'était pas comme d'habitude. Je n'ai pas modifié mon emploi du temps. Depuis quatorze ans, je fais du sport, c'est un peu ma drogue... Je ne fume pas, je fais mon sport, j'en ai besoin. J'avais toujours dit à ma sœur : Je veux bien tenir ton café, mais à 17 heures je retourne chez moi, le temps de m'habiller et d'aller faire mon sport. Ce jour-là, je suis partie un peu plus tôt. À 17 heures pile je suis arrivée à la maison. Normalement, c'était l'heure où Jonathan finissait les cours. J'ai rangé mes affaires et je suis montée m'habiller. C'est en redescendant que j'ai vu son vélo. Je me suis dit : qu'est-ce qu'il fait là ? Jonathan devrait être encore à l'école... J'ai appelé dans la maison. J'ai pensé qu'il devait être au deuxième étage devant sa console de jeux. Mais pas de réponse.

J'appelle ma mère, me disant logiquement qu'il a déjeuné avec elle.

— Non, à midi, il a ouvert la porte, il m'a dit : « Mamie, je ne mange pas avec toi, j'ai mal au ventre, je m'en vais à la maison. »

Ma mère n'a pas insisté. Et s'il était allé voir tout seul le médecin ?

De temps en temps, il avait mal au ventre. Ou mal quelque part. Cela n'aurait encore rien eu d'étonnant. Je n'étais pas anxieuse. J'appelle le cabinet, la ligne est occupée. J'attends quelques minutes avant de rappeler.

À ce moment-là, on frappe à la porte. En ouvrant, je vois deux hommes devant moi.

— Commissaire de Marcq-en-Barœul, on peut entrer ?

Je sens tout de suite qu'un malheur s'est produit. Je pense d'abord à mon mari en déplacement. La police ? Un accident ? Je tremble déjà.

— Vous êtes madame Destin ?

— Oui. C'est mon mari ? Il a eu un accident ?

— Non, non, on vient pour Jonathan Destin.

— Jonathan, c'est mon fils. Justement, son vélo est là, je suis en train de le chercher.

— Madame, asseyez-vous, on a quelque chose à vous dire.

Je ne m'assieds pas. Je crie :

— Qu'est-ce qu'il y a ? Qu'est-ce qu'il y a ?

— Votre fils, madame, il s'est immolé en début d'après-midi.

— Mais qu'est-ce qu'il a ? Il est blessé ?

Je ne crois pas que j'aie compris. Pourtant, ce commissaire a bien prononcé le mot « immolé ». Il continue :

— Il est au CHR de Lille, chez les grands brûlés. On a le numéro du médecin et il vous attend. Vous devez lui téléphoner. C'est lui qui vous dira.

Me dire quoi ?

L'angoisse me prend à la gorge.

6

Je me souviens de tout.

Le 8 février, après les cours du matin, je rentre chez moi chercher mon vélo. Je vais ensuite chez ma grand-mère où je mange tous les midis. Je lui dis que je suis malade, que je n'ai pas faim, que je rentre à la maison. Je reprends mon vélo, je vais à Intermarché, j'achète la bouteille d'alcool à brûler. Je suis décidé.

Arrivé à la maison, je m'organise. Il fait chaud. Je suis en tee-shirt noir, manches courtes, je porte un slip et un pantalon de jogging. Je choisis des vieilles baskets pourries avec la mousse qui déborde, les plus pourries que j'ai. Je prends un sac à dos pour y mettre la bouteille d'alcool à brûler. Je fais un essai dans la petite cour de la maison. Je verse quelques gouttes de la bouteille et je mets le feu qui prend tout de suite. Je pense laisser une lettre pour ma famille, mais j'y renonce. Je crains, si je me rate, qu'ils la trouvent et me posent plein de questions. De toute façon, je ne sais pas quoi dire.

Je marche en direction du canal. Là, sur le pré où les enfants viennent parfois jouer au ballon l'été, à dix minutes à pied de la maison, j'attends un bon quart d'heure que personne ne soit en vue. Un homme passe au loin, je le suis des yeux jusqu'à ce qu'il disparaisse. J'attends encore un quart d'heure en regardant ma montre. Je veux être certain d'être seul. Alors je sors la bouteille, je jette le sac à dos derrière moi, je jette ma montre aussi. J'ouvre la bouteille de plastique et je renverse d'un seul geste l'alcool à brûler sur moi, le tout sur mon torse. Je veux que mon cœur brûle et m'étouffe. Je suis bien clair dans ma tête à ce moment-là. Je fais ce que j'ai décidé.

Il est 13 h 15. J'allume avec un briquet. Le feu prend très vite. Les flammes dépassent les deux mètres de haut en quelques secondes. Je reste debout en flammes, un long moment, plusieurs minutes je crois. J'ai mal, je supporte la douleur en criant, j'attends de mourir. Parce que je crois qu'au bout d'un moment, le cœur va s'enflammer et mourir. Mais cette mort ne vient pas, et ça brûle tellement fort que je n'ai plus d'habits déjà. Ils ont brûlé. Il n'y a que mes baskets qui ne brûlent pas. Je suis une torche, plus grande que moi. La douleur devient si forte que je pense me rouler dans l'herbe pour éteindre ce feu. Je l'ai vu faire dans les films. J'ai terriblement mal, je brûle très fort, c'est horrible. Alors je me roule dans l'herbe, mais le feu ne s'éteint pas. Je réussis à me relever. Debout, je parcours environ cent mètres à pied, marchant avec le feu sur moi. Je saute dans le canal, mais sur le bord, sous l'eau, je tombe sur des pierres. Ma tête cogne. Je vois que la peau de mes bras s'enlève, comme celle d'un saucisson, je vois que mes deux bras sont complètement noirs. Puis le courant m'emporte. Je vois trouble dans l'eau glacée, le feu s'éteint tout de suite, mais pas la souffrance. Et je crie toujours.

Le courant m'entraîne vers le milieu du canal, je vais me noyer. J'avale beaucoup d'eau sale, je sens toujours l'énorme brûlure qui a envahi tout mon corps.

Je croyais que mon cœur brûlerait en premier. Et que si mon cœur brûlait, je mourrais très vite. Mais là, à l'instant, je ne sais plus comment je vais mourir. Brûlé ou noyé, ou les deux en même temps. Tout se brouille, je hurle. C'est là que j'aperçois une femme sur le petit pont du canal, entre l'immense décharge de ferraille et les berges.

Le courant m'entraîne déjà vers ce pont. Plus loin c'est l'eau profonde, la route des péniches. Si je dérive de ce côté, personne ne me verra plus. J'aperçois un lambeau de ma peau flottant à la surface du canal, elle est aussi noire que l'eau. Je suis dans le feu et l'eau. C'est comme si je mourais en enfer. Je hurle. L'eau est tellement noire.

Après je ne sais plus bien, pourtant je suis conscient. Cette femme, elle jette sur moi un long câble que j'attrape. Elle me tire vers la berge, et je fais des efforts pour remonter avec le câble dans sa direction. Je ne me rends pas vraiment compte, mais je sens que j'atteins le bord. Il n'y a plus de flammes, mais moi je brûle toujours de l'intérieur.

Une souffrance affreuse. Je suis au bord du canal, dans l'eau, accroché à ce câble, et il y a deux visages de femmes au-dessus de moi.

Je ne pense plus. Il n'y a plus que la douleur. C'est terrible, cette douleur.

La femme qui a traversé le pont réussit à me rapprocher du bord. C'est un pont bas, une passerelle. Elle a dit à l'autre d'appeler tout de suite les pompiers. Quand ils arrivent, je suis conscient. Un des pompiers traverse la passerelle, il me sort de l'eau et me met sur l'herbe. Les deux autres pompiers arrivent et me placent dans une coquille. Ils disent à la jeune femme d'aller chercher des seaux d'eau. Elle en ramène quatre ou cinq et ils me les lancent sur tout le corps. J'ai froid, très froid. Le Samu arrive en même temps. Ils me mettent dans des couvertures de survie. Ils montent une espèce de tente au-dessus de moi et, de tous les côtés de la tente, ils injectent un produit pour m'endormir. Pour la douleur. Comme je n'ai plus de peau, ils disent qu'ils ne peuvent pas me piquer. Les seaux d'eau, c'est pour me rincer. Les vêtements sont incrustés dans ma chair, l'eau du canal est sale.

En me versant de l'alcool à brûler sur tout le torse, j'ai cru que ça allait atteindre le cœur directement, le brûler et m'étouffer. Je ne savais pas que ça allait se passer comme ça. Maintenant, je sais. Mais je voulais que plus personne ne m'embête. Le fait de ne plus voir ma famille ne m'inquiétait pas plus que ça. Je me suis quand même dit que ce n'était pas bien de les laisser comme ça, mais la souffrance de ma vie tous les jours était plus forte.

Quand j'ai pris ma décision, j'ai pensé que je reverrais mes parents plus tard, là-haut. Pour moi, c'était un autre monde.

Maintenant, je me dis que l'autre monde n'existe pas.

On meurt et c'est tout.

Fabienne

On était chez ma mère, de l'autre côté du canal. Avec ma belle-fille Charlotte, on a entendu crier au secours. On est allées voir derrière la maison. On pensait que c'était une personne âgée, un voisin qui avait dû tomber chez lui. On s'est rendu compte que non, c'était calme. On est ressorties devant la maison et là, dans le canal, on a vu Jonathan. Au début, je n'ai pas compris qu'il était brûlé. Je suis rentrée tout de suite pour appeler les pompiers. Et ma belle-fille est restée devant. Après avoir raccroché, je suis ressortie. Charlotte m'a dit :

— Il faut le sortir de là, il n'y a pas une corde ? Mon frère habite tout près, alors je l'ai envoyée chercher une corde.

Le temps qu'elle aille chercher la corde, j'ai fait le tour. Je suis passée sur le pont pour être le plus près possible de lui, sur l'autre berge. En le voyant, je me disais :

— Il fait froid, mais pourquoi il fume ?

Il y avait de la fumée partout autour de lui. Et au-dessus. Quand je suis arrivée plus près de lui, après avoir traversé le pont, je l'ai regardé. Il a sorti la tête de l'eau à un moment. Il appelait toujours au secours. Je lui ai répondu :

— Les secours arrivent, ne bouge pas, bonhomme, ça va aller.

Et quand il a sorti un petit peu son corps, j'ai eu un hoquet… La peau était noircie, elle était toute grillée. Ma belle-fille est revenue avec du câble électrique – mon frère n'avait pas de corde, mais comme il est électricien, il a des tonnes de câbles. On lui a jeté ce câble, il s'est rapproché du bord lentement. Je lui ai dit :

— Tu restes dans l'eau, tu attends, les secours vont arriver.

Quand on était sur l'autre berge, il avait tendance à partir plus vers le milieu. Il se sentait partir vers la Deûle… Le fait de pouvoir se tenir au câble, ça l'a aidé ; il s'est dit, je crois, que quelqu'un était en train de l'aider. Ses yeux me regardaient. Il me disait :

— J'ai mal, j'ai mal.

Et je ne pouvais rien faire. Il s'est rapproché du bord. Il s'est tenu au câble et, tout doucement, il avançait vers la rive. On aurait pu le sortir de là, Charlotte me poussait :

— Il faut le sortir, il faut le sortir.

— On ne le sort pas de l'eau.

Elle m'a regardée l'air de dire : Qu'est-ce qu'elle me fait ?

— Non, non, y a un problème. Regarde-le… On ne peut rien mettre sur lui.

Quand les pompiers sont arrivés et qu'ils l'ont sorti en l'attrapant par les bras, Jonathan a poussé des cris horribles... C'était affreux à entendre.

Ils l'ont assis dans l'herbe. Ils ont essayé de mettre leur veste sur lui, mais c'était impossible. On était au mois de février, il ne faisait pas chaud, mais il y avait du soleil en début d'après-midi. Un soleil d'hiver. Rien que le soleil qui tapait sur lui, il disait :

— Ça brûle, le soleil, ça brûle.

Avec Charlotte, on essayait de faire écran, de créer un petit peu d'ombre pour qu'il y ait le moins de soleil possible sur lui. Et là, les pompiers nous ont dit :

— Il nous faut de l'eau pour le rincer jusqu'à l'arrivée du Samu.

Il fallait l'arroser en permanence avec de l'eau propre.

On est retournées toutes les deux chez ma mère. On faisait des allers-retours et d'autres gens sont arrivés. Tout le monde allait chercher des seaux d'eau chez les voisins pour les ramener aux pompiers. C'était des pompiers de sauvetage, ils n'avaient pas de tuyaux. Ils ont continué à arroser Jonathan jusqu'à l'arrivée du Samu. Ça m'a paru une éternité. Alors que non, ç'a été très vite. Entre le moment où j'ai appelé et l'arrivée des pompiers, il n'a pas dû se passer plus de dix minutes. Et après, il a fallu un peu plus de temps au Samu pour venir. J'avoue que je n'ai pas bien compris. Ils étaient garés du côté des maisons et ils m'ont donné le sentiment de traverser le pont comme s'ils avaient le temps. Ça m'a fait halluciner. Ce sont pourtant des gens plus que compétents. Pour nous, il y avait urgence. Ils devaient savoir qu'il était brûlé, puisque ce sont les pompiers qui les ont appelés !

Je me suis certainement trouvée au bon endroit au bon moment. Et je me dis que ç'aurait pu être quelqu'un d'autre. Le voisin le plus proche de chez ma mère avait déjà appelé les secours. Quand je suis ressortie de la maison, après avoir appelé le 15, il m'a dit :

— Fabienne, je les ai déjà appelés.

Mais personne n'osait franchir le pont et se rapprocher de Jonathan. On regardait, mais... Dans l'urgence, les réactions des gens sont quelquefois bizarres. Ils attendent toujours qu'il y ait quelqu'un qui bouge avant eux. Sans doute parce qu'ils ne savent pas quoi faire. Il y a ceux qui sont pétrifiés par l'événement. Et il y a les gens qui foncent. Pour nous, c'était : « On y va ! » On a bien couru. Je ne suis pas du tout sportive, mais qu'est-ce qu'on court quand il le faut ! Pendant ce temps-là, Charlotte n'est pas restée impuissante. Elle a cherché sur le terrain s'il n'y avait pas quelque chose pour essayer de comprendre ce qui s'était passé. C'est là qu'elle a retrouvé son sac à dos, la bouteille d'alcool et les allumettes. Elle a regardé dans son sac, elle voulait trouver un élément d'identité pour prévenir la famille. Elle a trouvé un petit papier avec un numéro de téléphone et le nom d'un garçon. Et une interro chiffonnée de Jonathan, où il y avait son nom et son prénom.

Charlotte a donné ça au Samu.

— C'est tout ce qu'on a trouvé.

Charlotte est restée jusqu'à ce qu'on emmène Jonathan. Les pompiers lui ont proposé de voir quelqu'un, elle a dit non. Elle aurait dû, parce qu'elle n'arrive toujours pas à affronter ça. Elle avait juste vingt ans. Elle a été complètement choquée.

Avec Charlotte, on a pu en parler les mois qui ont suivi. Heureusement qu'on était deux, on n'arrêtait pas d'en parler.

Depuis, elle lui envoie des messages sur Facebook.

Pour moi, il y aura toujours cette image. J'ai toujours les yeux tournés vers l'endroit où j'ai vu Jonathan avec toute cette fumée ou cette vapeur bizarre autour de lui.

C'est comme une photographie qui ne s'effacera jamais.

Marie-Pierre

À la maison, les policiers m'assaillent de questions. Ils veulent aller voir la chambre de Jonathan. Ils regardent partout, sans rien fouiller. Il n'y a rien à voir de toute façon.

— Vous pouvez joindre quelqu'un pour ne pas être seule ?

— Je vais appeler mes filles.

Ils ne me disent rien de spécial sur l'état de Jojo. J'appelle le médecin, évidemment. Et la réponse me fige sur place :

— Madame, ne venez pas, on va le transférer en hélicoptère à Paris, surtout ne vous déplacez pas. C'est très grave, il est gravement brûlé, mais ne venez pas ici, il faudra vous rendre à Paris après son transfert.

Grave… Brûlé… Paris. Tous ces mots m'arrivent comme des coups de poing dans la tête.

J'appelle ma fille Vanessa, qui demeure à une heure de chez nous. Je commence par pleurer au téléphone :

— Il est arrivé quelque chose de très grave, viens tout de suite.

Je crois que j'ai appelé mes deux filles, et mon mari ensuite. Je ne sais pas comment il va réagir. J'ai très peur de lui annoncer une telle nouvelle. Peur qu'il prenne la route, qu'il fonce. Il est à six heures de voiture.

Mais j'ai vraiment besoin de quelqu'un près de moi au plus vite. À ma fille cadette, qui habite à la Madeleine, tout près, je ne dis rien d'autre que :

— Viens à la maison tout de suite avec David.

Je tremble d'annoncer une chose pareille. J'appelle la marraine de Jonathan.

Là, je hurle, hurle au téléphone. Elle ne comprend pas ce que je dis. Elle croit que c'est ma fille qui a eu un accident.

— Venez, venez tout de suite.

Je ne sais vraiment pas quoi faire.

Paris ! On emmène mon fils à Paris ! Je ne sais pas aller à Paris. Je n'y suis jamais allée toute seule. Je ne sais rien de ce qu'a Jonathan. Je ne comprends pas encore la gravité de son état. Brûlure… Je n'ai jamais vu quelqu'un de brûlé, je ne me rends pas compte. Mais je hurle quand même… peut-être de ne pas savoir le comment et le pourquoi des choses.

Tout le monde arrive. Je hurle, je pleure, je crie que je ne sais rien. Qu'il est parti à Paris en hélicoptère ! Que je ne peux rien faire pour le voir maintenant !

Les nouvelles arrivent très tard le soir. Tout le monde attend à la maison.

On me dit qu'il y a eu des bouchons, comme sur une autoroute ! Je n'imagine absolument pas de bouchons en l'air !

On me dit qu'il a été installé dans une chambre stérile à son arrivée. Et que le médecin a besoin de deux ou trois heures pour l'examiner et faire les premiers soins. Donc qu'il ne peut pas sortir de cette chambre stérile et venir au téléphone nous renseigner sur son état. L'attente est si longue. Déjà, j'ai dû téléphoner au moins trois fois avant qu'il n'arrive à l'hôpital. Les premières nouvelles, je ne les ai qu'à deux heures et demie du matin, lorsque enfin j'ai le médecin au téléphone.

Je prends un papier et un crayon pour tout noter. Chaque mot. Je suis tellement bouleversée et épuisée que j'ai peur d'oublier quelque chose pour le dire au reste de la famille.

Il commence par dire que Jonathan est très gravement brûlé et que son état est critique.

— Il est brûlé aux cuisses.

Je marque sur mon papier des mots étranges. Comme si je faisais le détail du corps de mon fils, si loin de moi.

— Il est brûlé aux fesses, au ventre, le torse, le dos entièrement, les épaules, les deux bras, le cou, la barbe…

L'énumération me paraît longue, si longue tellement c'est énorme. Je marque, je marque. Jonathan est entre la vie et la mort, plongé dans le coma. La première vraie question arrive tout de suite :

— Madame, est-ce que votre fils est suicidaire ? Est-ce que vous savez pourquoi il a fait ça ? Pourquoi il l'a fait par le feu ?

Tant de questions auxquelles on ne sait pas quoi répondre. Suicide ?

Je réponds non, Jonathan n'a jamais fait ça. Il n'a jamais essayé de se suicider. Il n'a pas trop de problèmes. Il a des soucis à l'école, c'est tout. On est une famille sans histoire, il a deux sœurs…

Je suis perdue. Mon fils suicidaire… Mon fils qui s'en va tout seul au bord du canal pour s'immoler par le feu, alors que le matin il me disait tranquillement, comme d'habitude :

— À ce soir, maman…

Il voulait mourir ! Mon fils, mon bébé voulait mourir !

Cette nuit-là, je ne dors pas une minute, je ne fais que pleurer. Le lendemain, je dois partir avec la marraine de Jonathan dans cet hôpital parisien qui me paraît si effrayant d'avance. Le bout de mon monde. L'inconnu que je vais découvrir.

Avant de partir je me demande pourquoi, hier soir, je n'ai pas été à l'endroit où Jonathan a fait ça. Je m'en veux. La veille au soir, avec sa marraine, nous avons fouillé sa chambre. J'étais persuadée qu'il m'avait laissé quelque chose. Une explication, un mot, une lettre. Comme nous n'avons rien trouvé, j'imagine qu'il a laissé quelque chose sur place, à l'endroit où il voulait mourir.

J'en suis persuadée, mais la famille ne veut pas que j'aille là-bas. Mes filles s'y opposent.

— Tu vas te faire du mal, ça ne sert à rien !

— Je ne partirai pas tant que je n'ai pas vu où il a fait ça et s'il m'a laissé une lettre.

Je ne savais même pas où aller. Mais le canal, je connais, c'est à cinq minutes de la maison. Sur place, je tombe sur deux personnes avec une caméra. Je me doute qu'ils sont là pour Jonathan. Sûrement des journalistes. Je reste à l'écart avec mes filles. La marraine de Jonathan est allée les voir. Ils lui ont montré l'endroit, de l'autre côté du canal. On distingue bien l'endroit où s'est passée cette horreur.

Il faut traverser le pont, descendre en bordure de canal. Et là, c'est tout noir, avec des petits débris éparpillés. Comme des morceaux de papier. En fait, ce ne sont pas des papiers, mais des morceaux de couverture de survie, des pansements. Rien d'autre.

Je veux ensuite aller à l'école pour savoir s'il s'est passé quelque chose.

Le directeur n'est même pas là. Je suis accueillie par le CPE et par le prof principal, qui m'affirment qu'il ne s'est rien passé la veille.

Alors quoi ? Sur la route de Paris, ma fille Vanessa regarde sur Internet, avec son téléphone, pour savoir si l'on y parle de Jonathan. Il y a un article, avec la photo près du canal, et les pompiers. Je veux lire l'article. Vanessa ne veut pas, elle pense que c'est trop pénible. Mais je lis. Et là, je pleure, pleure, pleure… Des gens interviewés par le journaliste disent que Jonathan hurlait de douleur. Je me mets à sa place, je pense à la douleur affreuse qu'il a subie.

Pour se retrouver entre la vie et la mort.

Je pleure jusqu'à Paris.

Vanessa

Le week-end précédant son geste, nous devions aller au cinéma. J'avais eu une peine de cœur et j'avais annulé la séance de cinéma pour régler mes soucis personnels. Le mardi, après mes cours, ma mère m'a appelée pour m'annoncer que Jonathan était à l'hôpital. Elle m'a dit qu'il avait tenté de se suicider, mais ce n'était pas clair du tout. Elle était trop bouleversée. J'ai immédiatement sauté dans un train pour Lille, sans comprendre ce qui se passait réellement. J'ai appelé mon père qui était en déplacement, puis ma sœur. Les premiers jours n'ont pas été très compréhensibles. Son geste, sa façon de le faire, l'arrivée à Paris, l'entrée à l'hôpital… Nous n'étions pas dans sa chambre, mais dans un sas à l'extérieur. C'était une unité de soins très spéciale et déstabilisante. Tout de suite, j'ai voulu connaître le pourquoi de son geste. Via Facebook, j'ai contacté le maximum d'amis de Jonathan pour avoir des détails sur ce qui s'était passé les jours précédents.

Sans rien trouver. J'ai cessé de chercher, je n'avais aucun élément pour m'aider à comprendre. C'est ce qui m'a le plus troublée et fait mal, en fait.

7

Le jour où je me réveille pour la première fois, les médecins m'expliquent pourquoi je suis là. Ils me disent que je sors du coma. Moi, je ne m'en souviens plus du coma. Je pense qu'il s'est passé une journée, alors qu'en fait plus de deux mois et demi se sont écoulés. Je me rends compte que je ne peux pas parler, à cause de la trachéotomie. Je peux à peine bouger les lèvres, je n'arrive pas à bouger les doigts, les mains. Il n'y a que les orteils que j'arrive à remuer. Même la tête, je n'arrive plus à la bouger, à la redresser. Je ne sais pas pourquoi je suis là. Qu'est-ce qui s'est passé réellement ? J'ai à peu près oublié ce que j'ai fait. Je réaliserai ça plus tard. Il faut qu'on me le dise. C'est le chirurgien qui finit par m'expliquer. Après, je m'en souviens : ah, oui, je me suis mis le feu. Je me revois le faire. Ils me demandent ce qui m'est passé par la tête. Je ne réponds rien. Sur le moment, je ne sais pas trop pourquoi j'ai fait ça. Et puis je peux à peine chuchoter. On n'entend pas le son de ma voix. C'est difficile de répondre. Le chirurgien me demande aussi :

— Jonathan, est-ce que tu veux vivre, oui ou non ?

Je fais oui d'un signe de la tête. Alors il me dit :

— On va te faire de nombreuses opérations pour te sauver, pour te sortir de là.

Si j'avais dit non, ils ne m'auraient pas fait les greffes. Ils me réveillent petit à petit. Parfois, ils me rendorment, ils me réveillent, ils me rendorment, ils font ça pendant plusieurs jours, même plusieurs mois. Et ils commencent à m'opérer. Quand je me réveille, après les interventions, j'ai très mal. Parce que ça fait très mal, les opérations. Au début, ce sont des greffes. Quand j'ai trop mal, je fais un signe de la tête. Du coup, ils me rajoutent de la morphine pour la douleur. Quand je me réveille d'une opération, le chirurgien est souvent assis à côté de moi. Il regarde si j'ouvre bien les yeux. Parfois, je sens que j'ai très froid. Alors ils me rendorment pour faire monter la température. Ils me mettent une espèce de couverture chauffante, une plaque qu'ils posent au-dessus du lit, pour réchauffer le corps. Et quand la plaque est mise et que j'ai encore trop froid, ils me rendorment. Ils sont obligés de le faire. C'est trop dangereux, sinon. Ils me réveillent deux, trois heures plus tard. Je ne vois rien, je ne vois pas ce qu'ils font, je ne vois que le plafond. Ils m'expliquent ce qu'ils font. Je souffre tellement que je préférerais mourir. Au tout début, je ne vois pas ma mère, je suis seul au monde. Après, quand elle commence à venir, sa présence me réconforte beaucoup, elle apaise ma douleur. Elle me dit des choses bien. Elle me raconte tout ce qu'elle a fait dans la journée, où elle était. On se raconte des trucs. Elle me parle beaucoup, elle me fait écouter la radio, de la musique, ça me fait beaucoup de bien. Là-bas, une heure, c'est très long. On est une heure à regarder le plafond. On dirait que le temps ne passe pas. On ne sait pas quelle heure il est, on ne sait pas quel jour on est, on ne sait pas si c'est la nuit ou le jour, on se pose beaucoup de questions. Sans réponse. Il n'y a pas d'horloge. Chaque fois, je dois demander l'heure à une infirmière. Quand elle me dit : « Il est 14 heures ; votre mère va arriver », je suis heureux. C'est une immense solitude, cette chambre. À Pâques, une chose me remplit de bonheur. Une infirmière me dit :

— On va essayer de t'avoir un petit œuf au chocolat, si on peut.

Mais le docteur refuse parce que c'est trop tôt pour manger ça. Du coup, ce jour-là, elle me rapporte un petit yaourt au chocolat. Je suis heureux comme un petit enfant. C'est un nouveau goût, un goût que j'ai oublié. C'est mon premier yaourt. Même avec le tuyau, il faut essayer de recommencer à manger normalement. L'infirmière me met la cuillère dans la bouche. Je mange deux, trois cuillères, avec un truc flexible accroché à mon poignet. Ce n'est pas pratique. Quand je n'y arrive pas, je me fais engueuler par les médecins. Avec eux, je dois réessayer toujours, toujours. Il faut que je le fasse. Une fois, je réussis à manger comme ça tout mon plat. Ce n'est qu'à la fin de mon hospitalisation à Percy, cinq ou six mois plus tard, que je recommencerai à manger tout seul.

Ma mère est souvent là pour me réconforter. Elle m'explique aussi toutes les opérations. Le chirurgien me dit :

— Aujourd'hui, on vous a fait des greffes.

Au début, je ne sais pas ce que ça veut dire. Il me dit :

— On vous remet de la peau, parce que vous avez été brûlé très grièvement, au troisième degré. On vous remet de la peau pour tout refermer. Et puis, comme vous avez plongé dans le canal, vous avez beaucoup de bactéries dans le corps.

Souvent, quand je ne vais pas très bien, je pose des questions à ma mère : comment est mon corps, dans quel état il est, qu'est-ce qu'elle voit ? Ma mère n'ose pas trop me le dire. Je suis bandé de partout. Ça me fait pleurer énormément. Parce que je me dis que mon corps doit être dans un état pas possible, tout aminci, qu'on doit voir que mes os, que j'ai quasiment plus de peau. Je ne sais plus comment je suis. Je m'imagine le pire des corps. Dans ma tête, c'est comme un film d'horreur. Et puis un jour, très longtemps après, je revois mon corps. Ils n'ont pas fait attention. Ils m'ont mis dans un bain, devant une glace. Je regarde la glace, je vois tout mon corps. Je me dis : « C'est pas moi, c'est pas possible, c'est pas moi qui suis là… » Je vois mon ventre et mes jambes, tout brûlés. C'est noir, rouge, on voit mon sang. Là où il y a des plaies, c'est rouge. Là où ils n'ont pas enlevé le brûlé, c'est noir. Les jambes, le ventre. On voit mes os sous ma peau, tellement je suis maigre. On voit mes côtes. J'ai des moments de panique.

Le pire, c'est le jour où le médecin me dit :

— Vous n'allez pas remarcher, vous allez rester en fauteuil roulant toute votre vie.

C'est très difficile quand on entend ça. Pour moi, c'est impossible, je vais remarcher, c'est obligé, et d'ailleurs, grâce aux kinés et aux ergothérapeutes, petit à petit, je réussirai à marcher. Mais le chirurgien, lui, n'a pas l'air d'y croire, c'est un docteur que je trouve très pessimiste. Il craint même que les opérations ne fonctionnent pas. Souvent, il dit à mes parents :

— L'opération peut ne pas réussir, la greffe peut ne pas prendre.

Alors mes parents sont dans un état pas possible. Je pense qu'il dit ça parce que ça échoue de temps en temps. Mais il ne faut pas qu'ils se découragent tout de suite. Ça arrive que les greffes ne prennent pas bien, il faut juste pouvoir les remplacer. Le problème, c'est que je n'ai plus de peau saine, ils ne peuvent plus en prendre sur moi. Alors les médecins décident d'envoyer un centimètre carré de ma peau dans un centre de culture spécialisé à Boston. Cinq semaines plus tard, ils recevront un mètre carré de peau neuve. En attendant, ils me mettent de la peau de porc. Parce que c'est l'animal le plus proche de l'homme. Au début, je pensais que c'était du singe. Ça fonctionne quelques semaines, le temps que mon corps tienne le coup, que la nouvelle peau arrive des États-Unis. Après, ils me mettent des greffons de ma propre peau, petit morceau par petit morceau. C'est très long. Il faut que ça pousse, il faut que ça cicatrise. Tous les deux jours, ils doivent me rendormir pour faire mes pansements. Anesthésie générale. J'ai très peur, je me dis que je ne vais pas me réveiller. J'ai toujours peur de ne pas me réveiller. C'est dangereux tous ces médicaments-là. Ils doivent aussi me mettre une sonde d'alimentation pour me nourrir. Ils l'enlèvent et la remettent tout le temps. Ça fait très mal de l'avoir plongée dans le nez jusqu'à l'estomac. Mais c'est ça qui me sauve la vie. J'ai aussi des perfusions, un cathéter. Ils prennent les veines profondément dans le corps. Parce que les veines qui sont à l'extérieur sont très abîmées. Ils ne peuvent plus me piquer aux bras, on ne voit plus mes veines. Le cathéter est dans ma cuisse, très profond, à un endroit qui n'est pas brûlé. Mon dos et mon ventre sont greffés entièrement. Comme j'ai versé tout l'alcool sur le ventre, c'est d'abord le devant de mon corps qui a brûlé. Je peux m'appuyer un peu, mais je dois faire attention à ne jamais m'érafler.

Quand je dors, je suis souvent sur le côté, ou sur le dos. Il faut trouver un endroit qui ne frotte pas. Pour les bras, c'est difficile. Toute la journée, tous les jours, toutes les nuits, je dois rester sur le dos. Chaque fois qu'ils changent les draps, deux ou trois fois par jour, ils doivent me tourner sur le côté, et là je hurle. Même chose quand ils décident de changer le matelas anti-escarres, rempli d'eau, pour mettre un matelas normal, en mousse. La douleur est insupportable. Je crie, je n'arrête plus de crier. Ils doivent m'injecter de la morphine dans le cathéter juste pour me mettre sur le côté. Ils mettent des doses énormes. Aujourd'hui, je n'en prends plus, mais j'ai encore mal. Au torse, aux jambes, aux bras aussi. J'ai moins mal qu'avant, mais je dois souvent m'allonger et prendre un antidouleur. Ce sont des douleurs à l'intérieur de ma peau. C'est comme un fer chaud, ça brûle. Ça devient chaud, chaud, chaud, comme si je brûlais encore. Parfois, ça passe avec les médicaments.

Pour le visage aussi, ils me font des greffes. J'ai beaucoup de chance, mes yeux n'ont pas brûlé et mes oreilles ne sont pas trop touchées. J'aurais pu devenir sourd, en fait. J'évite aussi de justesse l'amputation. En sautant dans le canal, je suis tombé en hypothermie. Mes pieds étaient tellement froids qu'ils ont gelé, ils sont devenus noirs. Les médecins pensaient qu'ils n'allaient jamais se remettre. Cinq mois après mon arrivée à Percy, ils veulent m'amputer. Mais juste avant, ils décident de mettre un gros coup de chauffage dans ma chambre, à 35 °C. Et là, par chance, le sang revient et se remet à circuler. Mes pieds reprennent vie. Ils se réchauffent, je le sens. C'est ma mère, après, qui me dira : « Ils ont failli te couper les pieds, à une heure près. »

C'est après le premier réveil, quand je réussis à parler un peu, que je dis à ma mère pourquoi j'ai fait ça. Me brûler. Elle connaît déjà les raisons, le médecin lui a parlé. Je sais que ma mère se croit coupable, alors que tout ça, c'est ma faute, c'est moi qui l'ai fait. Elle ne le dit jamais devant moi, mais je sais qu'elle se sent responsable. Ç'aurait été maintenant, je lui en aurais parlé tout de suite de mes problèmes. Mais à ce moment-là, je n'arrivais pas à dire les choses. À me confier à eux. Avant, avec mon père, il rentrait du travail, on se disait bonjour, bonsoir, le lendemain on se disait au revoir, et on ne se parlait pas. C'était tout. Alors que maintenant, on se parle. Si je suis tout seul avec lui, on discute normalement, comme un père et son fils. Je lui raconte ce que j'ai fait, il m'explique son travail. Il installe des extincteurs, des portes coupe-feu. Des alarmes d'incendie. Il fait tout ça depuis des années. Il travaille dur.

À l'hôpital, je n'ai que le plafond comme horizon. C'est long, six mois à contempler le plafond. Tous les jours, je me dis : « Qu'est-ce que je fais là, ce n'est pas ma place… Mais qu'est-ce que je fais là, je ne devrais pas être ici. »

Je dors beaucoup. Je sens aussi que j'ai du mal à articuler, ça vient de mes cordes vocales qui ont été touchées. Ma voix a changé. Elle est devenue monocorde, sans vibrations. Je suis cloué au lit, les yeux au plafond. Rien ne m'a protégé. Il n'y a que mes chaussures qui m'ont protégé. Mes pieds n'ont pas été touchés. Sauf par le froid, mais ils sont revenus.

Sinon, tout le reste a cramé. Brûlé à 72 %. C'est très douloureux.

Marie-Pierre

À l'hôpital Percy, à Clamart, on nous attendait à 14 heures. Dans cet immense bâtiment qui ressemble à un hôtel, on a pris l'ascenseur en verre. On est descendus à l'étage moins 2. On avait un couloir à prendre, long, long. Il fallait tourner, remonter un escalier, arriver dans une autre entrée, l'entrée des grands brûlés, puis ressortir, redescendre un escalier. Un labyrinthe interminable de couleur verte, avec des vitres et des miroirs de chaque côté du couloir qui empêchaient qu'on voie dans les chambres. Il a fallu marcher, tourner, encore et encore. Et puis, une fois arrivés, on a rencontré le professeur Le Bever, le chef du service. Il avait une soixantaine d'années, une figure gentille, une voix très douce. Il m'a regardée droit dans les yeux et m'a dit :

— Madame, c'est très, très grave.

Il m'a dit aussi d'être courageuse. Une dame nous a expliqué qu'il y avait trois rangées de chambres. La première pour les cas les moins graves, qui sont prêts à sortir ; la deuxième pour ceux qui sont entre les deux, la troisième pour les personnes le plus gravement atteintes. Dans cette dernière rangée, il y avait six ou sept chambres, dont celle de Jonathan. On s'est approchés. On ne voyait rien à l'extérieur. C'était une sorte de grosse porte en ferraille. La dame m'a dit :

— Est-ce que vous voulez que je vous accompagne ?

Comme je ne savais pas du tout ce que j'allais voir, j'ai dit oui. Mes filles sont restées dehors avec la marraine de Jonathan. Son compagnon m'a dit :

— Je t'accompagne.

J'étais contente qu'il vienne avec moi, j'avais quelqu'un pour me soutenir. Le sas d'entrée est tout petit, on peut y entrer à trois. Il y a une énorme vitre. Et là, j'ai vu Jonathan. J'ai hurlé, hurlé son nom !

Il était comme une momie posée sur un lit rond avec des appareils autour. Il était bandé de la tête aux pieds. Je ne voyais que le côté du visage où il n'y avait rien. Et ses yeux. Tout le temps qu'il a été hospitalisé, je n'ai vu que ça. On m'avait dit que j'avais droit à une heure, mais je n'ai pu rester que cinq minutes. Je voulais parler au professeur, avoir des explications. Mes filles sont ressorties en pleurs. La marraine de Jonathan aussi. Pendant ce temps, Frédéric, mon mari, est rentré de Nantes. Il est repassé par Lille, il a déposé son camion et m'a rejointe, deux jours après, avec ma voiture. Il est resté quelques jours avec moi. Après, il a dû repartir pour travailler.

La toute première fois que j'ai pu approcher Jonathan, derrière le sas, c'était étrange. Il fallait s'habiller comme une infirmière, se laver les mains. Ils m'ont amenée à sa chambre. Ils m'ont tenue à deux au cas où je tombe dans les pommes. Jonathan avait des infirmières que pour lui. Elles étaient là tout le temps, à le surveiller en permanence. Ils ont poussé un peu les appareils pour que je le voie mieux. Je pleurais, pleurais. J'ai dit tout de suite aux infirmières :

— Je ne reconnais pas mon fils.

On m'a répondu :

— Madame, on a dû injecter beaucoup, beaucoup d'eau.

C'est la première chose qu'ils font, le remplir d'eau.

Je ne voyais que son visage, gonflé. Ils m'ont laissée devant lui, ils voyaient que je tenais le coup. J'ai dit à Jonathan que je l'aimais, que je voulais qu'il se batte, qu'il ne devait pas me laisser toute seule, qu'il devait rester avec nous.

Je lui disais : « Tu dois vivre, Jonathan », je lui disais tout le temps ça, je répétais toujours la même chose. « Il y a plein de gens qui sont là, tes sœurs sont là... » Je lui disais toujours qui était présent. « Tout le monde pense à toi, Jonathan. Tu dois vivre, Jonathan, tu dois vivre... » Des infirmières me disaient que Jonathan m'entendait. Et d'autres qu'il ne m'entendait pas. Pareil pour les médecins. Certains disaient que, dans le coma, les gens entendent, d'autres que ça ne sert à rien. Moi, je lui parlais quand même. Quand je partais, je lui disais que je m'en allais et que je l'aimais. Je lui expliquais que j'étais habillée en infirmière, je lui disais que j'étais derrière le sas, mais que j'étais là, que j'allais lui parler derrière le sas. C'était un micro, il fallait appuyer sur un bouton pour lui parler. Je lui disais tout le temps que je l'aimais. Je restais debout. Parce que, assise, je ne le voyais pas bien avec les appareils autour de lui. J'étais debout, collée à la vitre pour le voir, la plupart du temps sur la pointe des pieds, pour vraiment voir son visage. Parce que lui était allongé. Il ne pouvait pas bouger. Après, même dans le coma, ils lui ont mis la télé. Quand ils ont commencé à le réveiller, pour le préparer à réentendre des choses, ils mettaient la télé pour qu'il entende à nouveau les sons, les voix. Ça a duré longtemps comme ça.

Plus tard, j'ai pu venir près de lui. Il avait toujours les yeux fermés. Je lui disais : « C'est maman qui est là », et il commençait à bouger, ses yeux commençaient à bouger. Après, au fur et à mesure que je lui parlais, il ouvrait les yeux. Comme il était toujours endormi, ils lui mettaient énormément de crème sur les yeux. Je voyais qu'il me voyait trouble. J'avais le droit de lui enlever cette crème. Tous les jours, quand je rentrais dans la chambre, c'est la première chose que je faisais, prendre des gazes qui étaient à ma disposition, lui essuyer les yeux pour qu'il me voie.

Au début, je suis restée quinze jours complets. Je pleurais presque tout le temps. Je ne mangeais rien, je maigrissais à vue d'œil. J'étais perdue, perdue… J'étais logée chez le frère de la marraine de Jonathan qui habite à Paris. Après j'ai habité au Rosier rouge, à trois kilomètres de l'hôpital. C'est une grande maison, avec quatre-vingt-dix chambres, pour les patients qui sont en hôpital de jour ou pour les parents. Il y a beaucoup de gens qui viennent de très loin. C'est une fondation avec une chapelle. On y est bien. Je suis restée comme ça plusieurs mois à Paris, en revenant de temps en temps chez moi. Parfois, les week-ends, le frère de la marraine de Jonathan et sa femme partaient pour nous laisser l'appartement, à moi, mon mari et nos filles. Ils voyaient qu'on avait beaucoup de peine, c'était gentil de leur part.

Au bout des quinze premiers jours, je me sentais tellement mal qu'un jour je me suis dit que tout était ma faute. C'était un dimanche, je ne sais pas comment ça a démarré. J'étais très en colère. J'ai décidé de ne plus parler ni à mes filles ni à mon mari. J'ai fait du ménage. Ils venaient me voir, ils me parlaient, et moi j'avais décidé de ne plus leur répondre. Ils ont commencé à me demander ce qui se passait. Je ne répondais pas. En fait, j'avais une colère en moi. C'était une colère qui me disait que tout était ma faute. J'étais tellement en colère contre moi que j'avais décidé qu'il fallait me faire arrêter par la police. J'étais coupable. J'ai pleuré, pleuré… J'ai dit :

— Je suis méchante.

J'ai dit à mon mari :

— Il faut appeler Mireille.

C'est la maman de la marraine de Jonathan. Elle était adjointe au procureur, elle avait beaucoup de contacts dans la police. Je me suis dit que c'était la seule personne qui pouvait me faire arrêter. Elle pouvait m'envoyer la police. J'étais tellement en colère qu'ils l'ont appelée. Ils lui ont expliqué. Elle m'a parlé au téléphone :

— Non, Marie-Pierre, tu ne dois pas être arrêtée, tu es très mal, tu dois retourner à l'hôpital et parler à quelqu'un.

Et moi je lui répétais :

— Non, il faut m'arrêter, il faut m'arrêter.

Elle insistait :

— Non, il faut d'abord aller à l'hôpital.

J'ai été à l'hôpital, et là-bas j'ai encore dit qu'il fallait qu'on m'arrête, je le voulais absolument. On m'a orientée vers un service psychiatrique. Mon mari est venu avec moi. La psychiatre qui nous a reçus était très gentille. Elle a vu dans quel état j'étais. Elle m'entendait dire sans arrêt « je dois être arrêtée ». J'étais en boucle, c'était obsessionnel.

— Mais pourquoi, madame ? Vous n'avez rien fait, vous n'avez rien fait…

— Si, j'ai fait quelque chose, je suis méchante…

— Non, vous n'êtes pas méchante…

— Si, je suis méchante.

Au bout d'une heure, ils m'ont convaincue que je devais être soignée. C'est là que j'ai commencé un traitement. Le service où était Jonathan l'a su, ils avaient bien vu que j'allais mal. J'étais toujours debout à la fenêtre, collée à la fenêtre, à pleurer… Ils avaient vu que je maigrissais. Tout le monde disait que j'allais mal.

Le médecin m'a fait venir dans son bureau.

— On a su ce qui s'est passé aujourd'hui. Madame, il faut retourner chez vous, vous faire soigner. Ça ne sert à rien. Jonathan est dans le coma pour l'instant. Il faut vous épargner, et en même temps épargner votre argent. Ça ne sert à rien d'être là tous les jours. Attendez qu'il soit réveillé, qu'on commence à le réveiller.

Je ne voulais pas, je ne voulais pas entendre ce qu'il me disait. J'étais en colère contre lui. Je lui ai dit :

— Non, je ne veux pas partir chez moi. Je veux rester près de Jonathan.

Tout le monde a essayé de me convaincre. Parce que tout le monde voyait que j'allais mal.

Je le savais, moi, que j'étais mal dans ma tête. Mais je devenais folle.

Ils m'ont calmée assez vite. Quelques heures après cette crise, pour finir, même si je l'avais sur le cœur, j'ai décidé moi-même de partir. Quand je l'ai dit au médecin, il avait l'air content. Je sais maintenant que c'est pénible pour eux de supporter la souffrance et la peine des autres. Ils ont des impératifs de soins. Il faut qu'ils arrivent absolument à sauver la peau de quelqu'un. La mère qui est folle de douleur, ils comprennent, mais ça les gêne. Ils n'aiment pas trop.

Après, j'ai été suivie chez moi par une psychologue. Quand j'étais à Paris, elle me téléphonait tout le temps. Je sais aujourd'hui que, si j'en ai besoin, je peux aller la voir n'importe quand. Elle m'a fait changer. Elle m'a fait apprendre des choses sur moi. Elle m'a donné confiance pour parler devant les gens.

Avec les médecins, on avait conclu un accord. Comme je voulais tous les jours des nouvelles de Jonathan, il n'y avait que moi qui avais le droit d'appeler, personne d'autre. Une seule personne. Ça a toujours été moi. Tous les jours, à la même heure, je téléphonais au médecin pour avoir des nouvelles. J'écrivais tout sur un cahier exprès. Après, je téléphonais à tout le monde pour transmettre les nouvelles.

Au début, quand j'arrivais à l'hôpital, j'avais comme un aimant, un énorme aimant qui m'attirait. Il fallait que je marche de plus en plus vite, le temps que j'arrive jusqu'à Jonathan. Je ne sais pas pourquoi. Mon mari me disait :

— Mais pourquoi tu marches comme ça ?...

— Mais non, je ne marche pas vite.

Mais j'ai toujours senti ça, une force qui m'attirait vers Jonathan, de plus en plus vite... J'ouvrais le micro, je l'appelais toujours « mon amour ». Je lui disais :

— Jonathan, c'est maman, mon amour...

Et Jonathan dormait. Plus tard, on s'est créé un code rien qu'à nous. Le premier signe, c'était un clin d'œil. Il ne savait rien faire d'autre. Je lui ai appris. S'il m'entendait, il clignait une fois des yeux.

C'était comme une deuxième naissance.

Quand il a commencé à se réveiller, j'étais dans sa chambre. Pour la première fois depuis son arrivée à Percy, l'infirmière lui a donné à boire avec une seringue. Il fallait faire ça tout doucement. J'étais jalouse, très jalouse. C'était comme un biberon. J'aurais voulu le faire. Étrangement, comme si je parlais tout haut, elle m'a regardée et m'a dit :

— Madame, vous voulez le faire ?

— Oh, oui, oh, oui...

J'ai pris la seringue et je l'ai donnée à Jonathan, comme si c'était un biberon à mon bébé. C'était la toute première fois.

Après, j'avais droit à une heure. Ça devait se voir que j'étais fort attachée à lui, parce qu'ils me disaient :

— Madame, vous pouvez rester un peu plus longtemps.

— Ah bon, c'est vrai ?

Alors, ça a été une heure et demie, et vite deux heures, puis deux heures et demie, trois heures... après c'était jusqu'à 19 heures.

Je suis comme ça avec mes enfants. Mais quand ils sont partis, ils sont partis. Ils vivent leur vie.

Quand je partais, à 19 heures, on m'attendait pour fermer le sas. Ils fermaient à clé derrière moi. Ils savaient que j'étais toujours la dernière.

C'est vrai que je suis un peu possessive. Encore aujourd'hui, j'accompagne Jonathan quand il va se coucher, j'ai besoin de lui parler, j'ai besoin de lui faire des bisous. Il a besoin d'aide. Il y a des choses qu'il ne sait pas faire. Des fois, je le prends peut-être trop pour un enfant. Je lui dis :

— Si je fais trop, tu dois me le dire.

Mais je crois qu'il n'oserait pas me le dire.

Jonathan devait boire de l'eau plate. Au début, c'était très dur, parce qu'il ne pouvait boire que par périodes. Il avait des tuyaux dans la bouche et dans le nez et, en plus, il avait eu une trachéotomie. La seule chose qu'il pouvait faire, c'était tirer la langue. Quand on lui a enlevé le tuyau, il ne pouvait toujours pas boire. Il pleurait, parce que c'étaient des chambres très chauffées. C'était une période très, très dure. Dans l'après-midi, parfois, je lui mettais une gaze mouillée sur la bouche. Il suçait cette gaze qui était très vite sèche. Après, je tamponnais. Il transpirait énormément. Il avait si chaud. Je lui faisais des massages, il souffrait tellement.

J'essayais tout ce que je pouvais pour qu'il pense moins à la douleur. En parlant, j'essayais de l'aider à s'évader, à oublier ses souffrances. Je lui faisais écouter de la musique aussi. On a acheté un poste pour mettre des CD. On lui a enregistré des disques entiers avec la musique qu'il aimait. De la musique metal. On a même acheté *Twilight* en livre audio. Il l'a écouté entièrement plusieurs fois. Tout était stérilisé. Après il a eu droit à la télé.

Je prenais aussi des livres pour lui raconter des histoires drôles sur les animaux. Je parlais dans l'interphone. Je racontais n'importe quoi, tout ce qui se passait dans la famille. Après, sur la vitre, quand il a commencé à pouvoir se tourner un peu, on a collé des photos. Je faisais des cœurs, je lui marquais « Je t'aime. » Il a toujours gardé ces photos.

Chaque fois, après l'avoir vu à l'hôpital, je ressentais le besoin de me confier. Dès le mois de mars, on avait créé une association – « Tous solidaires avec Jonathan » – et un site Internet pour donner des nouvelles à notre entourage. Au début, je n'osais pas regarder ça. Et puis j'ai vu qu'il y avait des gens qui écrivaient. Je pleurais, pleurais, j'avais énormément besoin de parler, moi aussi. J'ai commencé à écrire « mes journées », à la manière d'un journal. Je l'ai fait en me confiant, comme si je parlais à Jonathan. Comme si c'était lui qui allait me lire. Un jour, je lui ai écrit une lettre. J'écrivais en pleurant, j'avais commencé par « Jonathan, mon amour. »

J'ai écrit que dans ma vie je n'avais su faire que trois choses : mes trois merveilles, mes trois enfants. Et puis le 18 avril, dans son petit bureau, le professeur Le Bever m'a dit doucement :

— Jonathan est hors de danger.

J'ai cru que j'allais lui sauter au cou ! Jojo était sauvé, je ne m'arrêtais plus de pleurer. Frédéric, mon mari, a passé des coups de fil à la Terre entière. Après, je n'ai plus cessé d'écrire mon journal. Tout le monde me lisait, je le savais ; mais je ne sais pas pourquoi, je m'en fichais. J'en avais besoin, en fait.

11 mai 2011

Cela fait plus de trois semaines que je suis à Paris pour voir mon fils, Jonathan. Il attend mon arrivée à 14 heures, dès que j'ouvre la porte du sas, j'allume l'interphone et je lui dis que je l'aime, je lis sur ses lèvres : « Moi aussi. » Et à 15 heures je peux aller dans sa chambre, vêtue comme une infirmière. Mon fils a toujours sa trachéotomie, il ne peut donc pas parler. Lundi passé, ils l'ont changé de chambre et de lit, mais il a attrapé des blessures au dos et à la tête, ils l'ont donc remis dans son ancien lit. Il est toujours anesthésié tous les deux jours pour les pansements, le bain et la kiné pour ne pas qu'il souffre. Je lui parle beaucoup, j'apprends à lire sur ses lèvres, et il a un alphabet car ce n'est pas toujours évident. Je lui fais des massages, des caresses sur sa main et ses doigts, il adore ça. Je l'éponge car il fait 30 °C dans sa chambre, je lui donne à boire un yaourt, on se regarde dans les yeux et je lui dis que je serai toujours là pour lui. Quand il est 19 heures, c'est dur de le quitter, je lui dis à demain, je vois dans ses yeux des larmes, alors je lui fais plein de baisers. Je rentre à pied à Vanves, au Rosier rouge, il est 19 h 35.

14 mai 2011

Hier, Jonathan a eu sa douzième opération, le cou, l'épaule et un petit morceau de la jambe. Les greffes se sont bien passées, les médecins ont retiré la trachéotomie pour finir son cou. Mais pour l'instant il ne peut pas respirer seul, alors ils devaient mettre un tuyau dans son nez pour l'oxygène, mais il a un œdème, donc ils le font passer par sa gorge. C'est très dur de le voir ainsi car il ne peut plus fermer la bouche. À son réveil, il s'est mis à pleurer, à s'agiter, il voulait qu'on lui enlève ce tuyau, il ne pourra plus boire, plus manger et parler non plus pendant quelques jours, jusqu'au prochain pansement, pour mercredi peut-être. Je n'ai pas trop le moral, c'est dur de voir son fils souffrir, de le voir pleurer et de savoir qu'on ne peut pas faire grand-chose pour l'aider. Je suis près de toi Jonathan, et je t'aime énormément, mon amour.

Ta maman.

15 mai 2011

Il est 14 heures, nous arrivons près de Jonathan, et quand on ouvre le sas on le voit sans tuyau dans la bouche pour respirer. Il a un masque à oxygène. Il était en train de regarder la télé. La tête un peu relevée, il s'est mis à s'énerver et son masque est parti, les alarmes se sont mises à sonner. L'infirmier nous a dit qu'il avait très soif, mais qu'il ne devait rien boire avant 19 heures. Il commençait à parler, quel bonheur, j'allais enfin entendre mon fils après trois mois de silence. Il m'a dit en pleurant qu'il souffrait beaucoup, qu'il voulait rentrer à la maison et que c'était trop dur. J'ai mis sur sa bouche des gazes humides et fraîches qui lui faisaient du bien. Et j'ai parlé sans m'arrêter pour qu'il ne pense plus à boire. Lui, il a parlé aussi, il m'a dit qu'il se souvenait de tout jusque dans l'ambulance du Samu. C'était très émouvant de l'écouter. À 18 h 50, il a eu un peu d'eau gélifiée. Il était l'heure de partir.

21 mai 2011

Hier, Jonathan a eu le renouvellement de ses pansements. Les greffes des coudes n'ont pas pris du tout, c'est pour cela qu'il a toujours mal. Les médecins devraient en principe greffer ses coudes avec une peau synthétique pour que son corps soit recouvert complètement. Il a encore de nombreuses zones sur le corps où les germes subsistent. Il va avoir des bains quotidiens avec de la Javel diluée et d'autres produits aseptisants qui devraient en venir à bout. Dès que possible, ils le changeront de lit, car le lit à eau chauffant contribue à le faire transpirer et les pansements sont donc humides en permanence et favorisent la prolifération des germes. Il reste encore beaucoup de travail avant son départ pour le centre de réadaptation de Coubert, en Seine-et-Marne.

28 mai 2011

La date est enfin fixée pour la rééducation, ce sera le 6 juin. Tu auras passé quatre mois au service des grands brûlés. Pour toi, Jonathan, le plus dur reste à faire, quand je vois comme tu souffres dès que quelqu'un te touche, que ce soient les infirmiers, les kinés. Tu pleures tellement tu as mal. Moi aussi, je souffre de te voir ainsi. Il te faudra beaucoup de courage, de force, de volonté. J'aimerais tant être quelques mois plus tard pour te voir debout, et te serrer dans mes bras. Je t'aime, tu le sais, et je te le dis tous les jours. Toi et tes sœurs, vous êtes mes trois merveilles. Devant toi je suis forte, je me suis toujours interdit de pleurer, mais de temps en temps, quand je dois sortir de ta chambre pour les soins, je pleure et je me dis : « Allez, Marie, tu dois t'arrêter. » Je ne remercierai jamais assez les médecins et toute l'équipe médicale, ils t'ont sauvé la vie. Et je remercie les familles, nos voisins et amis qui nous soutiennent et qui me téléphonent le soir pour demander de tes nouvelles.

8

Après quatre mois chez les grands brûlés à l'hôpital Percy, j'entre enfin au centre de réadaptation de Coubert, en Seine-et-Marne. J'ai une chambre individuelle, un téléphone que je peux décrocher. Pour la rééducation, on m'attache sur une planche horizontale, qu'on relève petit à petit. J'ai peur. Au début, ils me relèvent de quelques centimètres, et je pense que je suis déjà debout. Alors qu'en fait je suis quasiment allongé. Ils y vont progressivement, tout doucement, chaque jour un petit peu plus. Une fois, ils le font un peu plus vite et je pense que je vais tomber en avant. J'ai l'impression d'être complètement debout et que je vais tomber. Alors que je suis fort allongé encore. Ce sont des vertiges. Comme dans le coma. Depuis l'accident, j'ai grandi de quelques centimètres. Et quand ils me mettent debout, ça fait très haut pour moi. Je pense que je fais toujours la même taille, mais comme j'ai grandi, j'ai le vertige. Ils me l'expliquent. Ils me disent que je n'ai pas pris l'habitude de mon corps avec des centimètres en plus. Et puis, au bout de trois semaines, je dois interrompre ma rééducation parce que mes greffes ne tiennent pas. Je suis hospitalisé de nouveau tout le mois de juillet à Percy. On m'opère pour cicatriser des plaies restées à vif sur le dos et sur les fesses. C'est ma treizième opération, je n'en peux plus. À l'intérieur de moi, je suis en colère. J'ai faim, j'ai soif, je pèse 47 kilos. Quand maman est là, je lui serre très fort la main. Le retour à Coubert est une libération. Je me remets au travail. J'arrive à supporter la position verticale. J'ai toujours le vertige, je pense toujours que je vais tomber, mais, au bout d'un moment, à force de le faire tous les jours, on prend l'habitude. Je suis encore attaché, ça va. Je ressens du poids sur les jambes. Le sang qui va en bas des jambes, ça fait une sensation bizarre. On a la tête qui tourne, comme si on s'était couché dans un lit et qu'on s'était relevé trop vite. Ça me le fait encore, parfois, quand je retourne à l'hôpital et que je reste allongé un ou deux jours. Si je me relève trop vite, j'ai la tête qui tourne. Quelques jours plus tard, j'essaye de marcher un ou deux mètres. Deux kinés m'aident à me soulever du lit. Je n'arrive pas encore à le faire seul, je touche à peine le sol avec mes pieds. Ils me disent de lancer le pied en avant. J'ai perdu l'habitude. Au début, c'est juste quelques centimètres par jour. Après, ils me demandent de marcher en arrière. S'ils me lâchent, je sais que je vais tomber. Je n'ai plus de force du tout dans les jambes. Je fais à peine un mètre et je suis crevé, crevé. Les muscles se rétractent, ils sont tellement durs. On réapprend à marcher comme un bébé. Ils me proposent ensuite de marcher avec le déambulateur. C'est très difficile au début, parce qu'il faut marcher et pousser en même temps. Je fais un ou deux mètres et je me rassieds dans le fauteuil roulant. Ça dure un bon moment comme ça, mais, de jour en jour, je prends de l'assurance. Ensuite, c'est les barres parallèles avec les kinés autour qui font bien attention. Progressivement, je fais le trajet jusqu'au bout, mais je n'arrive pas à tourner. Les kinés m'apprennent à le faire, et à force j'y arrive. Tourner pour repartir. Il faut tout réapprendre, manger, marcher. Quelques semaines plus tard, je leur demande de me lâcher. Au début, ils ne veulent pas, ils ne sont pas assez confiants. Ils ont peur que je chute. Et puis ils finissent par accepter. Deux mois après avoir commencé les barres parallèles, je me tiens tout seul aux barres. Je ne fais qu'un seul aller parce que je suis très fatigué. Mais les kinés ne me tiennent plus. Ils sont derrière moi et sur les côtés au cas où je quitte la barre. Quelques mois après, au sixième mois environ, je me lâche vraiment. Je veux faire des allers-retours tellement j'arrive à marcher. Une kiné me dit :

— Il faut t'arrêter, il faut te reposer, tu recommenceras demain.

Moi, je veux toujours continuer tellement j'y arrive bien. Je marche tout doucement, mais j'ai tout le temps envie de marcher. C'est un vrai bonheur quand on remarche. Je ne veux plus m'arrêter. Mais me regarder, en revanche, je n'y arrive toujours pas. Je n'accepte pas mon corps, mon visage. Les infirmières ont mis des draps sur les deux miroirs de la salle de bains parce que je ne veux surtout pas me voir. Il me faudra plusieurs mois avant que j'accepte de me regarder, avec l'aide de la psychologue.

À partir de septembre, un week-end sur deux, je peux enfin rentrer chez moi. Pour mon premier retour à la maison, mes parents m'offrent une glace. Je suis heureux, j'en rêvais depuis longtemps. Je suis en fauteuil roulant. Il y a tout le temps quelqu'un avec moi. Au début, c'est un fauteuil électrique, ensuite un fauteuil roulant manuel. J'essaye de le lâcher le plus souvent possible pour marcher. Au bout de cinq minutes, je suis épuisé et je dois me rasseoir dans le fauteuil. Mais je peux marcher, c'est déjà super. Le jour où je réussis à lâcher mon fauteuil et à monter tout seul l'escalier, je suis très fier. Dans le salon, mes parents enlèvent tout pour mettre un lit médicalisé qui se lève et qui descend et un matelas pour ma mère. On ne peut pas faire autrement, la maison est petite, on n'a pas d'autre pièce, les chambres sont au premier étage. Ma mère ne me quitte pas.

Elle a peur que je tombe, parce que le lit est assez haut et qu'il n'y a pas de barrières. À l'hôpital, j'avais l'habitude de dormir avec des barrières. Là, sans barrières, je peux enfin m'asseoir au bord du lit. Ma mère dort à côté de moi. Ça me rassure la nuit. À l'hôpital, j'avais une petite sonnette dans la main. Si ça n'allait pas, je sonnais et l'infirmière arrivait aussitôt. À la maison, je n'ai rien de tout ça. Et pour appeler, j'ai du mal à crier. Je n'arrive pas à crier.

En novembre, je sors pour la première fois de la maison. Je marche un peu dehors. Ma mère décide de m'emmener en voiture dans un centre commercial. Elle sait que j'adore me promener dans les grandes surfaces, regarder les vitrines, les habits. Ce jour-là, ça me fait un bien fou. J'ai l'impression de sortir d'un trou noir. Je peux enfin voir le monde. Avec ma mère, on achète un peu de nourriture pour que je puisse préparer un bon repas à mes soignants. Je veux les remercier de tout ce qu'ils font pour moi. Mais très vite, je rechute. Mes greffes lâchent une nouvelle fois. On m'envoie d'urgence à Paris, à la clinique Jouvenet, pour une nouvelle opération. Je comprends que ce sera comme ça pendant longtemps : rééducation, opération, rééducation, opération... En décembre, nouvelle destination. Je suis placé dans un centre de réadaptation à Zuydcoote, près de Dunkerque. C'est un immense établissement au bord de la mer, entouré par des kilomètres de dunes. J'y reste une année entière. Là-bas, on me fait de longues séances d'ergothérapie et de kinésithérapie. Avec une fille de l'hôpital, brûlée comme moi, je me promène souvent sur la plage. Parfois même, on marche les pieds dans l'eau, jusqu'aux genoux. Ça nous fait beaucoup de bien. Mais le temps, lui, ne passe pas, c'est long, très long... À part mes parents et mes sœurs, je n'ai aucune visite. J'ai pourtant de la famille pas loin. Souvent, je me demande pourquoi mes oncles, mes tantes, mes cousins ne viennent pas jusqu'à moi. J'ai l'impression qu'ils m'abandonnent, ou alors qu'ils me fuient. Heureusement, j'ai Vincent, un copain de classe que je connais depuis la maternelle. Tous les jours, sans exception, il me passe un coup de téléphone. Même s'il a un an et demi de moins que moi, tous les deux on discute bien. Son coup de fil quotidien me réconforte beaucoup. Avec ses parents, il était venu me voir à Percy chez les grands brûlés. Ils ont toujours été à mes côtés. Je ne l'oublie pas. Début février, je dois retourner d'urgence à Percy. Un an jour pour jour après l'accident, je suis opéré pour des plaies au ventre et aux cuisses qui ne veulent pas se refermer. Le professeur Duhamel, qui s'occupe de moi, décide de prélever de la peau sur mon crâne. Il n'a pas d'autre solution. Neuf mois plus tard, en octobre, rebelote, un mois de cauchemar et de souffrances atroces. Nouvelles greffes, anesthésie générale tous les deux jours. Le 2 novembre, j'ai compté, j'en suis à ma dix-septième opération. Je n'en peux plus, mais le professeur me rassure. Tout se passe bien, je vais bientôt pouvoir rentrer chez moi et réapprendre à vivre normalement. Le 9 décembre, c'est mon anniversaire. On fête mes dix-huit ans à la maison. Mes parents, mes sœurs, ma marraine et ma grand-mère se sont cotisés pour m'offrir un appareil photo numérique. C'est mon premier appareil photo, un beau cadeau. Quelques jours plus tard, je quitte définitivement l'hôpital maritime de Zuydcoote. Heureux de laisser derrière moi cette année à gamberger, seul, face à la mer.

À la maison, je n'ai presque plus besoin de béquilles pour marcher. Je les lâche très vite. Aujourd'hui, je marche de mieux en mieux, mais je ne peux ni courir ni sauter. Je ne sais pas si j'y arriverai un jour. Il ne faut pas que je trébuche, que je tombe. Il faut que j'aie l'œil partout. Si je vois un caillou ou de l'eau, je dois l'éviter, et si quelqu'un me bouscule, je dois pouvoir me rattraper à quelque chose. Il faut vraiment faire attention. Le danger le plus gros, ce serait que je tombe et que je me fasse une plaie. Je fais tout le temps gaffe.

Ma prochaine étape, ce sera de reprendre le bus tout seul. Ma mère ne va pas me laisser faire. Pas tout de suite, en tout cas. Parce que, pour l'instant, je n'en suis pas capable. Même moi je le sens… Tout seul, je me mettrais à paniquer. À cause du regard des gens. On dirait qu'ils sont fascinés par les marques de ma figure et le côté du crâne où je n'ai pas de cheveux. Ils sont très indiscrets. Une fois, en revenant de Paris en ambulance, sur une aire d'autoroute, une famille complète, le père, la mère et les deux enfants, s'est postée devant la voiture. Ils m'ont regardé descendre de l'ambulance. Ils m'ont scruté de haut en bas, en me fixant. Moi, je n'ai pas bougé, j'étais étonné qu'ils me regardent comme ça. Je me suis dit : mais qu'est-ce qu'ils me veulent ? Ils ne parlaient pas. L'ambulancier leur a lancé :

— Qu'est-ce que vous voulez, qu'est-ce que vous faites là ? Partez, sinon je vais vous en foutre une.

Ils sont partis sans rien dire. Pas un mot.

Tous ces regards me blessent. J'ai vraiment hâte qu'on me remette des cheveux. Le corps, on peut toujours le dissimuler, mais les cheveux, c'est plus compliqué. Ce jour-là, peut-être, les gens arrêteront de me regarder comme une bête curieuse.

Aurélie

Plusieurs fois, je suis allée le voir à l'hôpital à Paris. J'y suis allée une semaine au début, et ensuite de temps en temps les week-ends. J'ai eu peur quand je l'ai vu. Ça m'a fait bizarre de le voir. On ne savait pas s'il allait s'en sortir, parce que les médecins étaient plutôt pessimistes. Je pense qu'ils voulaient nous préparer au cas où ça se passe mal. Ils préféraient qu'on ait une bonne surprise. Maman faisait le relais. On l'appelait à Paris le soir. Elle nous donnait des nouvelles. Et quand on y était le week-end, on avait les nouvelles en même temps qu'elle, quand les médecins voulaient bien qu'on rentre.

Dans la famille, on s'est plutôt soutenus. On s'est même beaucoup rapprochés tous les cinq. On s'est dit qu'on n'avait rien vu, rien compris, mais on s'est soutenus. Au début, on ne dormait pas beaucoup. Et après on se parlait. On se disait qu'il fallait le sortir de là. Je l'aime beaucoup, mon frère. Vanessa, ma sœur aînée, l'aime beaucoup aussi. Je pense même qu'il était plus proche d'elle. Ils s'entendent mieux. Moi, je me disputais avec les deux. Je n'étais pas jalouse, mais parfois, quand même, maman était très protectrice avec Jojo. Elle le couvait beaucoup, des fois c'était trop. Je me dis que Jojo, peut-être, aurait voulu faire plus de choses tout seul. En fait, je ne le connais pas plus que ça.

Aujourd'hui, Jojo ne me parle que par téléphone. Il est plutôt solitaire. En famille, il est souvent à part. Parfois il écoute, parfois il est dans ses pensées. On essaye de faire des jeux avec lui, mais au bout d'un moment il en a marre. Il veut faire autre chose, en général regarder la télé, *Les Simpson,* les séries, pas les films d'horreur mais des films d'action.

Jonathan, on a l'impression qu'il est tout le temps immobile. Avec quelque chose qui tourne dans sa tête, mais on ne saura jamais quoi. On a l'impression qu'il est planté là. Il vit sa vie tout seul. On dirait qu'il est un peu loin tout le temps. Je ne crois pas qu'il soit rêveur parce que quand on lui parle il va nous écouter, nous répondre. Pour moi, rêveur, ça voudrait dire qu'il ne ferait pas attention aux autres, qu'il ne nous écouterait pas quand on lui parle. Ce n'est pas le cas, il nous écoute, il nous répond. Mais on dirait qu'il reste seul avec lui-même.

9

Je pense souvent à ce que j'ai fait, même si je n'en parle pas. Un garçon, ça a honte de dire ces choses. C'est honteux de ne pas être capable de se défendre. Les autres garçons, ils pouvaient faire de moi ce qu'ils voulaient, c'est ça qui fait mal. Je n'ai pas de force physique, je n'ai pas de force mentale, je me laissais trop faire. Maintenant, on me soigne pour ma dépression. J'ai beaucoup de médicaments à prendre. Ça me fatigue et parfois j'ai besoin de me reposer, d'aller m'allonger. Déjà que je ne parle pas beaucoup, c'est dur d'expliquer. J'ai dit à la télévision ce qu'ils m'avaient fait. J'ai dit que depuis le CM2 je me laissais trop faire, et qu'un jour j'en ai eu marre. Je ne suis pas violent et les autres étaient violents avec moi. Ils profitaient de ma faiblesse de caractère. Pendant toutes ces années, il y a eu beaucoup de peur chez moi. Je ne savais pas comment faire parce qu'ils n'arrêtaient jamais. Je ne sais pas pourquoi ils sont comme ça. Faudrait peut-être voir leurs parents déjà, comment ils sont, ce qu'ils font pour élever leurs enfants. Ma mère et mon père nous ont bien élevés. On est polis chez nous. On ne se fait pas remarquer, on ne fait pas de scandale. Les profs, eux, ne disent rien. Dans la cour, il y a des surveillants, mais ils ne font rien non plus. Ils ne l'avoueront pas, mais ils avaient autant peur que moi. Ils auraient pu faire quelque chose à l'intérieur de l'établissement, ils avaient le droit d'intervenir, mais ils ne l'ont jamais fait. Dans mon cas, ils ne me croyaient pas. Et ils avaient la trouille. En récréation, il faudrait presque un gardien. Quelqu'un qui surveille vraiment, qui n'ait pas peur, qui voie quand les élèves coincent un autre élève contre un mur. Parce que ça se passe toujours de la même manière. Ils savent bien faire ça. Ils se mettent en rond comme s'ils jouaient, et celui qui est coincé se prend des coups partout. On lui prend son argent, on le « traite » sur ses baskets, parce qu'elles sont nulles, on l'insulte sur sa race. S'il a un gros nez, s'il est trop petit, c'est pareil.

J'aurais beaucoup mieux travaillé si on m'avait laissé dans mon coin sans m'embêter. Parce que ma vie à l'école, ça n'a été que des insultes et des menaces. Je m'en veux tellement de ne pas avoir réussi à en parler. Mais je suis décidé maintenant. J'ai dix-huit ans, j'ai grandi. Je suis allé porter plainte à la police. Les dépositions, au début, c'était difficile. La femme commissaire de police était dure avec moi. Elle criait fort, elle me faisait peur, ça me bloquait. L'avocat que mes parents ont pris, maître Franck Berton, est allé la voir pour lui dire que j'étais choqué par toutes ses questions. Elle est devenue plus douce. Aujourd'hui, ça se passe très bien avec elle. Elle m'a demandé de tout lui raconter, année après année, en prenant le temps. Elle m'a montré des photos de classe, j'en ai reconnu certains. Mais pour le racket, c'est plus compliqué. Ils venaient de l'extérieur. J'ai regardé des centaines de photos de garçons de la région, je n'étais pas sûr de les identifier. J'ai eu du mal parce que ça faisait deux ans. Et qu'entre-temps, j'ai eu des dizaines d'opérations, avec des douleurs pas imaginables, même avec la morphine. Quand je me suis réveillé, je ne savais même pas que j'avais passé deux mois et demi dans le coma. Je me souvenais bien du feu, comment j'avais fait. Mais la tête des agresseurs, après tout ce temps… Ils étaient plus grands que moi et ils ont dû changer. Je ne connais pas leurs noms.

Le psychologue qui me suit m'a bien aidé à comprendre pourquoi ils s'en sont pris à moi. Il m'a dit que j'ai été une victime parce que j'avais tout pour ça : je ne me bagarre pas, je suis trop gentil, je n'étais pas bon à l'école, j'étais gros, et je ne parlais pas. Je me laissais prendre mon argent sans résister. C'était facile pour eux. Et moi, pendant ce temps, je pensais au suicide.

Ce que je voudrais, c'est que ça ne recommence pas pour les autres. Pour ceux qui vont à l'école aujourd'hui. Quand on est harcelé, ça rend fou de ne pas savoir ce qu'il faut faire. Sur notre site Internet, on a mis des conseils si ça arrive : parler à sa famille, au proviseur, et même à la police. Il faut essayer de ne pas avoir peur. Parfois, le harcèlement, c'est comme la guerre. Si on a envie de mourir, comme j'ai fait, il faut parler. Ce livre, il est pour que les parents fassent plus attention aux enfants. Il est aussi pour que les profs identifient mieux ceux qui se font « traiter ». Les profs ne doivent plus avoir peur de punir les élèves violents. Le directeur doit directement parler aux parents des agresseurs pour les menacer d'exclusion. Ces jeunes-là n'ont rien à faire au collège, ils ne veulent même pas travailler.

Si un élève veut mourir comme je l'ai fait, il faut qu'il écoute ce que je dis. Ça ne sert à rien de mourir. Quand on meurt, c'est les autres qui gagnent. Et puis les autres, je veux qu'ils aillent en prison, qu'ils restent longtemps enfermés. C'est leur faute si j'ai fait ça. Ils m'ont obligé à me mettre le feu. Et maintenant, j'ai des cicatrices partout, je brûle encore à l'intérieur. Parfois je sens mon cœur qui brûle dedans. Je ne peux plus rester au soleil, on va me greffer des cheveux pour que je sois mieux. J'ai une oreille qui n'entend presque plus. J'ai encore plusieurs années d'opérations et de soins avant d'être tranquille. Mais les cicatrices, elles restent. Sur le côté droit de mon torse, les plaies se rouvrent régulièrement. Et les microbes du canal, je les ai dans mon sang.

Je vais souvent voir Fabienne, la dame qui m'a tiré du canal. Elle est devenue ma coiffeuse. Et mon amie. J'aimerais bien qu'elle m'aide à cacher la partie de ma tête, à l'arrière, où je n'ai presque plus de cheveux. Elle a réussi à le faire une fois, mais, juste après, j'ai dû retourner à l'hôpital Percy pour une opération et ils m'ont tout rasé. J'ai la chance que mes cheveux poussent très vite. Avant, j'en avais beaucoup. Quand j'ai voulu payer Fabienne, la première fois, elle n'a rien voulu. Elle m'a dit :

— Je te ferai payer quand tes cheveux auront repoussé.

Du coup, je lui ai offert une plante, qu'elle a mise dans son salon.

En ce moment, je ne peux même pas me mettre un bonnet sur la tête. Rien, juste une capuche. Il ne faut pas que ça frotte. Parce que ma tête me fait mal, surtout quand je prends ma douche. L'eau, ça brûle, même l'eau froide brûle : je dois mettre de la crème tout de suite.

Souvent, je n'ai pas le moral, j'ai des idées sombres. C'est pour ça que je suis suivi par une psychologue et qu'au printemps dernier je me suis retrouvé en psychiatrie. Les psychiatres, ils sont censés aider quelqu'un qui a voulu se suicider. Là-bas, à l'hôpital d'Armentières, je me suis fait un copain : Alexandre, un garçon plus vieux que moi, qui avait de gros problèmes avec sa famille. On s'est tout de suite bien entendus. Il est devenu un peu mon grand frère. D'ailleurs, il ne m'appelait plus que comme ça : « petit frère ». Au mois d'avril, il a passé plusieurs semaines à la maison. Je savais qu'il broyait du noir. Il ne savait plus où dormir. Il disait que sa mère ne l'aimait pas, qu'il faisait tout pour avoir son affection, qu'il faisait ses courses, qu'il allait lui acheter ses cigarettes, mais ne recevait pas de remerciements en retour. Il avait le sentiment qu'elle en avait beaucoup contre lui. Ses frères et sœurs, eux, se savaient aimés. Pas lui… et il en souffrait beaucoup. On a passé des heures entières à discuter autour de la table. Il était comme de la famille. Avec nous, il était gai et même un peu farceur. Il voulait qu'on ait le sourire et qu'on se comprenne mieux entre nous, mes sœurs, mes parents et moi. On allait souvent jouer au billard à Planète Bowling. Il m'a appris à jouer à la crapette et au poker. De mon côté, je lui ai fait découvrir La Bonne Paye et Destins, le jeu de la vie. Je l'ai aussi invité au spectacle d'Arnaud Ducret, l'acteur qui joue le professeur de gym dans le film *Les Profs* – un professeur très drôle qui ne retient aucun prénom. Après un reportage à la télévision, Arnaud Ducret m'a envoyé un mail pour me dire que mon histoire l'avait touché et que je pouvais lui écrire autant que je voulais. On s'est envoyé des dizaines de messages, comme ça, pour parler de tout et de rien. Puis il m'a invité à l'avant-première des *Profs,* et un mois plus tard à son one-man show à Lille. Alexandre était à côté de moi, sur un podium spécialement aménagé pour que je puisse bien voir. Il a piqué des fous rires pendant tout le spectacle. Les gens se retournaient tellement il riait fort.

Alexandre

J'ai rencontré Jonathan en janvier 2013, dans le centre hospitalier d'Armentières. On y était pris en charge, tous les deux, pour dépression. Moi, je suis plus âgé, j'ai trente et un ans. J'ai perdu mon travail et beaucoup d'autres choses. La vie est dure, j'ai craqué… Jonathan était un peu à l'écart. Sa tête me disait quelque chose. J'avais l'impression de le connaître. J'ai été le voir, je lui ai dit que je l'avais déjà vu quelque part. On a fait le rapprochement avec ce qui avait paru dans le journal. Et on a commencé à parler. Moi, je suis plutôt à l'aise pour discuter avec les gens, j'ai besoin de parler. Lui, il n'était pas très causant. Il m'a raconté des bribes de son histoire. Pas tout d'un coup, il m'a juste raconté le début. Il n'a pas parlé de suicide. Un soir, comme on s'entendait bien, on avait demandé au service médical d'être dans la même chambre. On était tous les deux assis sur notre lit, on n'arrivait pas à dormir, et on a commencé à se raconter l'un et l'autre notre histoire. Jonathan m'a dit qu'il y avait eu du racket, des ennuis. Et petit à petit, au fil des soirs, il a eu besoin de se confier, et moi aussi. Il m'a raconté tout le processus qui l'a amené à prendre l'alcool à brûler. Au début, on fumait une cigarette ensemble, après on faisait des jeux ensemble : le Scrabble, la crapette, il a voulu apprendre, je lui ai appris. Au Scrabble, il avait plus de difficultés. Je l'aidais. Des fois, quand on joue au Scrabble, ou quand on parle, même avec ses parents, je le regarde, je lui explique, sans lui faire la honte, ce que veut dire tel ou tel mot. Je lui dis quels mots il peut faire avec ses lettres. Au lieu de le laisser avec un mot qu'il ne comprend pas, je lui explique. C'est comme ça qu'on apprend. Il s'est attaché à moi, et moi aussi. Je lui ai dit que j'avais toujours rêvé d'avoir un petit frère. Ma mère n'a jamais rencontré personne d'autre, donc je n'ai jamais eu de petit frère. Et lui m'a dit qu'il aurait toujours voulu avoir un grand frère.

Je lui ai dit que je ne le lâcherais pas.

De première apparence, on se dit que Jonathan est réservé, solitaire, timide, qu'il n'ose pas aller vers les autres. Mais c'est juste des barrières. Quand on lève les barrières, c'est un autre Jonathan qui apparaît. Un Jonathan qui a envie de découvrir, qui a envie d'apprendre, qui a envie de parler, qui a envie de s'amuser et de vivre. Il faut juste l'aider. Je lui ai dit :

— Peut-être que ça ne durera pas toute une vie cette fraternité, c'est peut-être un passage pour t'aider, peut-être qu'un jour tu me diras : « C'est bon, stop ! »

Il faut juste lui donner un peu la main et le lancer. C'est ce que je fais. Peut-être aussi parce que, dans mon histoire, personne ne l'a jamais fait pour moi. On ne m'a pas tendu la main pour me tirer vers le haut. J'ai dû couler pour redonner un bon coup de pied et remonter tout seul.

Jonathan a besoin d'avoir confiance en quelqu'un. Il a une copine. Il m'en parle, mais ça reste entre le grand frère et le petit frère. Je lui ai dit qu'un jour ou l'autre je partirais, que je rencontrerais quelqu'un, comme lui rencontrera quelqu'un. Mais j'y vais doucement. Je lui dis chaque chose en son temps. Je prends le temps d'aller au bout des choses.

Aujourd'hui, il veut passer son permis de conduire. Pour lui, c'est tout prévu. Il sait que, bientôt, il aura davantage de possibilités de tourner la tête, de bouger les bras. Il apprend déjà le code sur l'ordinateur. Je pense qu'il manque de concentration. Il a beaucoup de choses à penser. Il réfléchit à beaucoup trop de choses en même temps. Il pense aussi bien à sa guérison qu'à sa famille, il pense tout le temps aux autres. Il devrait penser beaucoup plus à lui. Il m'a dit qu'il regrettait ce qu'il avait fait, ce geste de s'immoler. J'en ai eu des frissons. Ce qui m'a vraiment touché, c'est quand le médecin lui a demandé s'il voulait vivre ou mourir. Et Jonathan, par un signe, lui a fait comprendre : « Oui, je veux vivre. » Et moi, une fois, dans une discussion qu'on avait eue dans la cour – à un moment où il avait vraiment le moral très bas –, je l'ai secoué en lui remontant un peu les bretelles. Je lui ai dit :

— Pourquoi tu as dit ça alors ? Pourquoi tu as dit : « Oui, je veux vivre » ? C'est qu'il y a une raison !

Il m'a répondu :

— Pour moi, le fait d'avoir fait cet acte, c'est comme une renaissance. À partir de maintenant, ce sera une nouvelle vie.

J'en ai pleuré.

Jonathan avait peur de se rater. C'est pour ça qu'il n'avait pas laissé de lettre. Il ne voulait pas, au cas où il se raterait, qu'on trouve une lettre après. Il est très méthodique dans sa manière de penser les choses. Il est très intelligent. Il a encore des petites baisses de moral, mais il est bien parti. Depuis que j'ai quitté sa maison, pour vivre avec ma copine, sa mère m'a dit qu'il avait eu une grosse baisse de moral. D'ailleurs, il a eu un malaise. Ça lui a fait un gros coup de blues. J'avais essayé d'aller au plus doux, au plus simple, pour ne pas l'assommer. Il sait parler avec moi, chose qu'il n'arrive pas à faire avec sa mère ou avec d'autres personnes. Avec moi, maintenant, ça va tout seul. Quand on se parle à deux, comme dans sa chambre, ou dans la cour de sa maison, ou quand on va se balader en bus, à Lille, quand il peut se déplacer, je le regarde dans les yeux et je lui dis :

— S'il faut que ça lâche maintenant, lâche-toi, laisse partir les larmes.

Et à partir de ce moment-là, tout part. Il se libère, il se livre complètement, il arrive à pleurer. Même si c'est douloureux à voir et à ressentir, je prends sur moi, je ne pleure pas, je reste plus dur, tout en étant réceptif à ce qu'il me dit. Je le laisse bien craquer et, une fois qu'il a bien craqué, il commence à me parler.

Il sort beaucoup de choses. J'ai l'impression de le connaître depuis des années. Rien qu'en le regardant, je sais qu'il y a un truc qui ne va pas. Quelque chose que sa mère ou son père ne voit pas forcément. Quand je ressens ça, j'attends un peu, et je lui parle. J'essaie de lui poser des questions plus ou moins directes, je lui parle. De ces questions, on va sur des sujets, et de fil en aiguille il parle. Le sujet le plus difficile – ce qu'il appréhende le plus –, c'est la confrontation possible avec ses agresseurs. Je lui ai dit :

— On y va progressivement, déjà on a des bases solides – notre base solide, c'est notre amitié, notre fraternité à nous deux – et sur ça on construit petit à petit, jusqu'au moment où tu seras assez solide pour y aller.

Il ira, c'est sûr. Il faut qu'il se batte au niveau de la justice. Après ça, ce sera la libération.

Ce que je lui souhaite, c'est de pouvoir enfin vivre tout ce qu'il a perdu depuis deux ans. Rattraper tout doucement le temps perdu.

Moi, les difficultés scolaires, je connais. En troisième, au bout de trois mois, le directeur a dit à ma mère : « Vous le gardez chez vous, je le garde sous l'assurance de l'école jusqu'à la fin de l'année scolaire, et après je ne veux plus entendre parler de lui. » Alors, oui, je connais ! Jonathan, je l'aide beaucoup parce que je n'ai pas eu cette main tendue, cette corde pour me sauver, mais que j'arrive quand même à la tendre aux autres. Je me sens bien, stable, je me mets des étapes à dépasser, les unes après les autres.

Depuis le jour où il s'est mis le feu, Jonathan n'avait pas reparlé avec Vanessa, sa sœur aînée. Il me disait qu'elle s'était renfermée. Je lui ai dit : « Non, elle ne s'est pas renfermée par rapport à toi. Elle a fait comme tout être humain, elle s'est fait une carapace, une protection pour ne pas sombrer. » Et cette carapace, dernièrement, en venant le voir, elle a commencé à l'ouvrir. Même chose pour Aurélie ou pour son père, Frédéric. Quand je vivais chez eux – c'est Marie-Pierre qui me l'a dit –, je faisais un peu l'intermédiaire entre Frédéric et Jonathan. Je blaguais avec Frédéric, il blaguait avec moi, je blaguais avec Jonathan. Au fur et à mesure, je me retirais, comme ça les blagues convergeaient entre eux. Je voyais alors Frédéric qui demandait un truc à Jonathan, et Jonathan, au lieu de lui répondre sèchement, comme il l'avait fait à un moment, qui commençait à lui parler.

Devant son père, Jonathan a honte de ce qu'il a fait. Il m'a dit que son père ne digérait pas du tout ce qu'il avait fait. Ils auraient dû se parler tous les deux.

Frédéric

Je me souviens que, jeune homme, on ne pouvait pas sortir avec sa fiancée sans que quelqu'un de la famille nous accompagne. J'ai gardé cette éducation, je l'ai donnée à mes enfants. Je pense aussi que, quand on demande quelque chose, il faut pouvoir donner la même chose en retour. Il faut mériter ce qu'on veut en plus. On ne prend pas tout pour acquis. Là-dessus, j'ai été un peu strict, ça n'a pas dû être facile pour eux. Quand je vois comment ma fille Aurélie gère aujourd'hui son argent, je me dis que sont des choses qui lui ont servi. Au début, ils m'en ont beaucoup voulu. J'étais trop dur, ils avaient peur de moi, et c'est peut-être pour ça que Jonathan n'a jamais voulu me parler.

Tout le monde n'a pas le même caractère. Jonathan est très sensible. La dyslexie, pour lui, était un gros problème parce qu'il ne savait pas la surmonter. Je pense qu'il était angoissé par tout ça. Il avait en tête qu'il ne réussirait pas, que quoi qu'il fasse il ne s'en sortirait pas. Il n'essayait pas de se dire : « Moi, je suis comme je suis, c'est tout, on m'accepte comme je suis. »

Quand on voyait qu'il apprenait une poésie complète, par cœur, et que le lendemain, à l'école, il ne savait plus... Pour lui, c'était douloureux. Pour les profs, il n'avait pas appris. Alors qu'il avait tout appris par cœur. Il n'a jamais su gérer la situation. Il aurait pu y arriver en en parlant, mais à mon avis il ne voulait pas m'en parler parce qu'il avait peur de me décevoir. L'humiliation est telle qu'on a honte de venir dire ce genre de choses à son père.

Quand on a acheté la maison, je travaillais tout seul, je faisais beaucoup, beaucoup de bricoles. Je travaillais tous les week-ends, on n'allait jamais en vacances. Quand on a commencé à partir en vacances, Vanessa devait avoir une douzaine d'années. Je ne les ai pas vus grandir.

D'un côté il faut assurer le bien-être de la maison, le bien-être de tout le monde, et puis de l'autre il y a toutes les factures qui s'accumulent. On essaie de faire au mieux, on travaille de plus en plus, et on n'est jamais là. Je rentrais le dimanche midi. À part manger et dormir, c'est tout ce que je faisais. On a mis quinze ans pour assurer le crédit de la maison. Jonathan avait six mois quand on a acheté la maison. Jonathan, c'est la durée du crédit de la maison. Quinze ans pendant lesquels j'ai trop travaillé. Je n'ai pas eu le temps de m'occuper de mes enfants, je pensais que tout allait bien, j'espérais que tout allait bien. Jo aurait pu parler à sa mère. Il a pris de l'argent à sa mère parce qu'il n'avait pas de solution.

Marie-Pierre pensait que c'était moi qui prenais de l'argent. Pour elle, ça ne pouvait pas être Jonathan, ça ne pouvait être que moi. À ce moment-là, je pense que Jonathan n'imaginait pas que sa mère puisse penser ça. Il voyait que, de temps en temps, on se disputait, mais le pourquoi de la chose il ne le savait pas. Ça le touchait beaucoup quand il nous voyait nous disputer. Et puis moi, j'étais toujours de mauvaise humeur, c'est peut-être ça aussi qui l'a empêché de nous parler. Ce n'est que tardivement, en janvier 2012, qu'on a su qu'il prenait de l'argent à sa mère. Il en prenait aussi à ses sœurs. Jo n'est pas un voleur. Le plus simple, pour lui, c'était d'en prendre à la maison. Il ne voulait pas que ça se sache. S'il avait voulu, il aurait pu tirer sur son compte. Il avait environ trois cents euros. Mais nous, on l'aurait vu tout de suite. Je pense qu'il ne voulait pas qu'on s'en rende compte. Il voulait régler le problème par lui-même.

Si j'avais pu lui parler, peut-être qu'on aurait réussi à faire quelque chose, mais je ne m'en suis pas rendu compte. Je n'ai rien vu du tout. Moi, je pensais à une crise d'adolescence. Je pensais qu'il était comme la plupart des adolescents qui font la gueule à leurs parents, et encore plus à leur père, parce que c'est souvent le père qui dit non à tout. Chaque fois qu'il y avait un sujet, Marie-Pierre disait : « On va demander à ton père. » Ou alors, quand ça se passait mal à la maison entre les enfants, c'était : « Attends que ton père rentre. » Je passais pour le méchant.

Vanessa en a voulu à Jonathan d'avoir fait ça. D'avoir cassé un peu la famille, après tout ce qu'on avait refait. À un moment, Vanessa a eu de gros problèmes personnels. On a eu beaucoup de mal avec elle. À la récupérer. À ce qu'elle reparte du bon pied. Je pense que cette histoire lui a refait penser à tout ce qu'elle avait vécu. Parce que Vanessa, elle a su parler de son problème. Elle a su passer au-dessus. Elle a mal compris la réaction de son frère par rapport à sa propre expérience. Et puis voir sa mère dans cet état, je pense que ça lui a fait beaucoup de peine, ça l'a traumatisée. C'est pour ça qu'elle est partie loin de nous, dans le sud de la France.

Pendant longtemps, Jonathan a pensé qu'il n'avait plus de famille. Il nous l'a dit une fois, ça fait très mal. Ses cousins, ses oncles, ses tantes ne l'appelaient pas à l'hôpital. Ils demandaient juste des nouvelles à Marie-Pierre. À un moment donné, il voulait même partir. Il connaissait une dame d'une quarantaine d'années qui, comme lui, s'est fait soigner au centre de rééducation de l'hôpital maritime de Zuydcoote. Il ne voulait plus vivre à la maison, mais chez cette dame. Il se sentait bien avec elle et avec ses enfants, qui ne le rejetaient pas. Il nous a carrément dit :

— Pourquoi je resterais avec vous, puisque je n'ai plus de famille ?

À l'hôpital Percy, au début, il comprenait très bien que les gens ne puissent pas venir le voir. C'était très éloigné. Mais au centre de rééducation de Zuydcoote, c'était beaucoup plus simple. Jonathan supportait mal cette distance. Il prenait ça pour de l'indifférence. Avant, tout le monde venait à la maison. On avait toujours de grandes réunions, des repas de famille, on aimait inviter. Jonathan a eu l'impression qu'on l'évitait. À part nous – son père et sa mère –, personne d'autre ne venait le voir. Il a énormément souffert de tout ça. Il a même fait une tentative de suicide par médicaments. Il s'est retrouvé hospitalisé dans un service spécialisé pour dépression à Armentières. C'était un petit peu un appel au secours. Jonathan est très sensible. À présent, il a encore plus besoin d'affection, d'amitié. Il s'attache profondément.

Quand on fait ce genre d'acte, on fait un peu peur aux autres. Les autres se tiennent à l'écart en se disant : qu'est-ce que je vais pouvoir lui dire, qu'est-ce que je peux faire ? C'est normal. Il n'a pas compris que son acte avait des répercussions sur tout. Il a fini par accepter de rencontrer, à la maison, la famille de Marie-Pierre. Il a même été chez eux pour une communion. Ça s'est bien passé et, peu à peu, les liens se recréent. Mais il faudrait qu'il comprenne que les autres ont eu peur et continuent d'avoir peur. C'est à lui de faire le premier pas maintenant. C'est à lui d'y aller.

Quand il est retourné en psychiatrie, à l'hôpital d'Armentières, en janvier 2013, dès le matin, il a dit à sa mère :

— De toute façon, tout ce qui m'est arrivé, c'est ta faute.

Les psychiatres font peut-être du bien pour les thérapies, mais, provisoirement, ils font de gros dégâts. Ma femme est une mère poule, assez possessive, c'est vrai, mais elle avait de quoi l'être, non ? Jonathan a eu des difficultés très tôt, c'était normal qu'elle le protège le plus possible, alors que je travaillais trop à faire vivre tout le monde ; c'était normal qu'elle s'occupe d'un gamin qui avait des problèmes. Avant que Jo affronte la vie vraiment, en regardant l'existence droit dans les yeux, il va y avoir du chemin à faire. Ce n'est pas facile pour lui. D'ailleurs, le psy l'a dit devant nous et devant Jonathan. Il a dit à Jo qu'il devait prendre sur lui et se reconstruire lui-même. Quitte à partir de la maison, à s'éloigner de nous. Aujourd'hui, il a dix-huit ans. Il est majeur, mais j'ignore s'il peut assumer tout ça.

Moi aussi, j'ai eu des problèmes. Moi aussi, j'ai vu des psychiatres. J'étais à peine plus âgé que Jonathan aujourd'hui. J'ai passé un mois dans un hôpital psychiatrique pour une dépression. Je sais ce que c'est. Je n'irai jamais plus. Je ne l'ai jamais dit à Jonathan, mais moi aussi, j'ai fait une tentative de suicide. À vingt ans. Ma femme, elle, ne l'a appris que dernièrement. Je lui ai dit parce qu'elle ne comprenait pas que je ne veuille plus aller à l'hôpital d'Armentières voir Jonathan aussi souvent. Ce sont des milieux que je ne peux plus supporter. Au psychiatre, j'ai juste demandé si c'était héréditaire, si ça ne venait pas de moi l'idée du suicide. Il m'a dit non.

C'est très étrange pourtant. J'ai l'impression de diffuser une sorte de tristesse autour de moi ; une tristesse et une obligation un peu dure de passer par-dessus les difficultés de la vie, que certains peuvent affronter, et pas d'autres. Ma fille aînée, malgré un mauvais cap dans sa jeunesse, a réussi à s'en sortir. C'est probablement pour ça qu'au début de ce drame elle était un peu dure avec Jonathan. Elle lui en voulait et s'en était confiée à sa mère. Moi, je n'en veux pas à Jonathan. Au contraire, je m'en veux à moi de ne pas l'avoir vu. Ce qui m'inquiète aujourd'hui, c'est de savoir comment ça va aller par la suite. Est-ce que ça peut vraiment aller ? Est-ce qu'il va s'en sortir ? Est-ce que nous, on va s'en sortir ? Est-ce qu'on va réussir à passer au-dessus de ce qu'il a fait ? À se reconstruire correctement ?

Marie-Pierre ne tient qu'à coups d'antidépresseurs. On n'a plus de vie. Notre vie à deux, c'est Jonathan. On s'est un peu perdus tous les deux. On vit à son rythme. Tout le temps. Il en a besoin. Mais ce qui m'inquiète, c'est l'avenir. Par moments, il n'est pas bien du tout. Je me demande s'il ne pense pas encore à ça. J'espère que non. Il n'a plus maintenant cette raison de vouloir mourir qu'il avait à seize ans. Mais avec le caractère qu'il a, obstiné, la manière dont il a préparé son coup, on n'est sûr de rien. Quand le médecin lui a demandé s'il voulait vivre, il a répondu oui. Mais il est obstiné. S'il voit qu'il ne s'en sort pas dans un délai suffisamment court, pas trop long pour lui, il va falloir le mettre sous surveillance.

J'ai peur qu'un jour, en vivant tout seul, il baisse les bras, sans qu'on puisse être là. Mais Marie-Pierre ne le laissera jamais vivre tout seul. Elle ne voudra pas. Le problème, c'est que tant qu'on est derrière lui, on ne saura jamais s'il peut s'en sortir. J'aimerais bien qu'il connaisse quelqu'un, une fille. Il en avait une avant, mais elle n'est pas revenue. C'est pour ça qu'il se sent bien avec les brûlés ou des gens comme Alexandre, son ami rencontré à l'hôpital. Il semble qu'il ait une copine aujourd'hui, mais uniquement par téléphone. Il ne la voit pas. Je crois que c'est une petite du centre de rééducation aussi. Elle aurait des problèmes semblables aux siens. Je pense qu'il est un peu déçu parce qu'elle ne répond pas toujours. Mais il garde ça pour lui. Même à nous, il ne nous en parle pas. Au niveau de sa sexualité, il a posé la question au médecin pour savoir s'il n'aurait pas de problème. Ça lui importait beaucoup pour sa vie future. Heureusement, il n'en a pas, malgré ses brûlures.

Dès que les gens le regarderont avec d'autres yeux, ça ira mieux pour lui. Je pense que ça le travaille beaucoup. Il a beau dire qu'il s'en fout, ce n'est pas vrai. Je sais très bien qu'il n'est pas au-dessus de ça. Bientôt, on va lui refaire une partie de ses cheveux. Avec des mèches qui retomberont sur son oreille abîmée. Ça va lui faire du bien. Parce que ça le gêne, le regard des gens, les enfants qui lui posent des questions. Jonathan s'est fait beaucoup de mal à lui-même. C'était un beau petit garçon, un adolescent qui pouvait devenir un jeune homme comme les autres. Malgré sa scolarité un peu faible, il aurait pu s'en sortir autrement.

Moi, à seize ans, j'aurais réglé le problème moi-même, sans en parler à mon père. J'étais un peu gros, un peu enveloppé. Et souvent, à l'école, je me faisais molester. Mais je leur rentrais dans le lard. Je revenais souvent avec les vêtements déchirés, en sang. J'étais différent de Jo. Je n'aurais jamais pu en parler à mon père parce que, de toute façon, il m'aurait dit : « Tu te débrouilles. » Pour mon père, un garçon, c'était un garçon et une fille, c'était une fille. C'est peut-être pour ça que Jonathan ne m'en a jamais parlé. J'ai un caractère peut-être un peu trop dur. Pour moi, c'était un garçon. Je n'aurais jamais pensé qu'il puisse se faire agresser ou maltraiter. Au début du collège, en sixième, on a su qu'il se faisait malmener. J'ai tout de suite mis le holà avec les trois garçons qui l'avaient embêté. C'est moi qui y suis allé.

Le problème, c'est qu'il n'en parlait pas, il ne disait rien à personne, on ne pouvait pas le savoir. Quand je suis intervenu, c'est Marie-Pierre qui m'en avait parlé. Elle avait aperçu des jeunes qui le suivaient, au bout de la rue. Pour moi, c'était une affaire classée. Je les ai attrapés par le colback et je leur ai dit que si ça continuait, j'allais voir leurs parents. Et que j'irais plus loin s'il le fallait. Après ça, j'ai pensé que Jonathan ne se ferait plus embêter. Il ne s'est d'ailleurs jamais plaint de rien. Moi, j'avais appris à me défendre tout seul. Mes parents étaient comme ça. J'ai voulu faire du judo, justement parce que j'étais embêté. Au début, on ne sait pas trop se défendre, donc j'ai choisi ce sport. Jonathan n'a jamais fait de sport comme ça. On ne pouvait pas, non plus, lui conseiller d'en faire à cause de ses problèmes de colonne vertébrale. Petit, il a eu une scoliose assez forte. Il a toujours vu des kinés. Ça ne s'est pas arrangé. Et pour l'instant on ne peut rien faire. Dans ces cas-là, se défendre physiquement, ce n'est pas facile. Mais je l'aurais fait pour lui.

Ce qui m'embêtait avec Jonathan, c'est qu'on ne faisait pas de choses tous les deux parce qu'on n'avait pas les mêmes centres d'intérêt. La connivence était difficile. Avec mon père, je me souviens que je prenais ses outils, on avait toujours des disputes parce que je les prenais. J'étais bricoleur. Mon père et moi, on a toujours eu une relation très difficile. Ça a toujours été tendu. Mais on avait ce terrain commun. J'ai eu une bonne éducation, ça m'a forgé. À seize ans, j'ai décidé de m'engager dans la marine. On était obligé de faire sa lessive, son repassage, recoudre, ça forme un peu. Si j'avais pu parler de ma jeunesse avec Jonathan, ça aurait été plus simple. Je ne lui ai pas raconté mon enfance. Ce n'est pas évident. J'ai tendance, moi aussi, à un peu tout garder. Je garde beaucoup pour moi. Il n'y a que quelques mois que j'ai annoncé à Marie-Pierre ce que j'avais fait à vingt ans. Elle ne l'avait jamais su alors que ça fait plus de vingt-cinq ans qu'on vit ensemble. Je n'avais pas pu lui raconter. Elle a toujours eu des petits problèmes de dépression. Ça remonte à très longtemps, à son enfance difficile, au père qu'elle avait. De lui rajouter des trucs comme ça sur moi, ce n'était pas nécessaire. Le soir, après le travail, j'aime bien boire ma petite bière. Mais chaque fois ça rappelle de mauvais souvenirs à Marie-Pierre. Elle repense à son père et ça crée des disputes.

En fait, j'ai toujours eu un caractère assez dur. Pour un rien je m'énerve. Je n'ai jamais été violent et mon père ne l'était pas non plus. Sauf quand on faisait de grosses conneries. Moi, je n'ai jamais mis une gifle à mes enfants. Ça suffisait quand j'élevais la voix. C'était réglé.

Aujourd'hui, pour ce livre, je réussis à parler de Jonathan. Mais parler avec Jonathan reste très difficile. On n'y arrive pas tous les deux. Au bout d'un moment, la conversation se tarit et il n'y a plus rien du tout. On n'arrive pas à trouver un sujet pour discuter. Il ne trouve pas les mots pour dire les choses. C'est pour ça aussi, je pense, qu'il est très renfermé. Il ne se sent pas suffisamment armé pour parler. Il est intelligent, mais les mots, ça ne vient pas. Avec moi, en tout cas, il ne les trouve pas. Quand je sens qu'il ne va pas bien, j'essaie de discuter avec lui, mais il me répond : « Ça va, ça va, ça va… » Et il passe à autre chose. Il ne veut pas m'en parler. Avec sa mère, c'est différent. Au tout début, quand il s'est réveillé, il a dit le pourquoi des choses à Marie-Pierre. Et puis il a ajouté : « Surtout tu n'en parles pas à papa. » Il ne voulait pas que je sache. Je ne devais pas le savoir. Quand Jo s'est mis à fumer, sa mère le savait depuis longtemps. Moi, pas, je n'avais pas le droit de le savoir. Elle était complice avec lui. Derrière mon dos. Jonathan avait peur que je l'apprenne. Alors qu'il m'en aurait parlé, on aurait pu en discuter. Je ne lui aurais pas interdit forcément, je ne l'aurais pas engueulé pour ça. Mais le mettre en garde, oui, je l'aurais fait. Il a toujours eu peur de mes réactions. Quand il y avait quelque chose qui n'allait pas, je m'emportais assez vite. Mais ça retombait tout de suite après. Sur l'école, en revanche, je ne m'énervais jamais. Au contraire, j'essayais de l'aider. Je comprenais très bien qu'il avait des problèmes. Le sujet, c'étaient plus les disputes entre Jo et sa sœur. Moi, je rentrais très tard du travail, j'avais un boulot assez prenant, je partais le matin à 7 heures et je rentrais vers 20 h 30. À la fin de la journée, on est fatigué, on manque de patience. Quand il se disputait avec Aurélie, je les punissais tous les deux. Pour lui, à mon avis, ça devait être très dur. Pour qu'ils se tiennent tranquilles, je les mettais chacun au bout d'une table et ils devaient me copier des lignes. Mais pour Jonathan, copier des lignes, c'était très dur. Pour lui, c'était plus une punition. Il devait se sentir un peu rabaissé par rapport à ça. Sa sœur allait plus vite. Ce n'était peut-être pas la bonne solution. Je m'en veux, parce que, au lieu de l'aider, je l'ai peut-être un peu plus enfoncé dans ses difficultés.

Marie-Pierre, elle-même, ne se rendait pas compte de mon état de fatigue, le soir. Au bout d'un moment, on ne tient plus. Elle, avec toutes ses émotions, quand il faut pleurer, elle pleure. Tout sort d'un coup, et ça va mieux. Quand ça ne va pas, elle va voir une infirmière au centre médico-psychologique et elle parle. Elle arrive mieux à gérer ses émotions. On n'a pas été élevés de la même manière.

Chez moi, avec mon père, c'était comme ça et pas autrement. On n'a jamais pu exprimer nos émotions, ou quoi que ce soit. On ne se faisait pas engueuler, c'était du genre : « Tu prends une tartine, un verre d'eau et tu vas dans ta chambre… »

Si, dans deux ans, Jonathan est libéré des soins importants et qu'il décide de vivre seul, on tiendra le coup. On a déjà tenu le coup deux ans complets, il n'y a pas de raison. Il n'a pas vécu son adolescence, il a loupé deux années de sa vie, il faut qu'il les rattrape. Ça sera déjà un bon point s'il arrive à avoir son permis. Déjà le code, ça sera une grande bataille pour lui, tant il a du mal à retenir ce qu'il apprend. De réussir à faire quelque chose de lui-même, ça serait énorme. Le problème, ça sera le jour de l'examen, il va peut-être paniquer. Et s'il le rate une première fois, il risque de baisser les bras. J'ai peur qu'il baisse les bras chaque fois qu'il rate quelque chose. C'est ce qui me fait le plus peur. On voit qu'il veut réussir, mais, dès qu'il y a quelque chose qu'il ne réussit pas, il perd toute confiance. Même en cuisine, sa passion. Un jour qu'il nous préparait un bon repas, il a loupé son gâteau. Il en a été complètement retourné. C'était un fond de tarte, avec une sorte de crème à l'intérieur qui devait durcir et des fraises au dessus. Sa crème n'a jamais durci. Il a dû oublier quelque chose. Le fait d'avoir loupé la recette l'a rendu vraiment malheureux.

Jonathan rêverait de devenir pâtissier. Il faudra pour cela qu'il gagne une confiance en lui qu'il n'a toujours pas. Il craint de ne pas savoir faire, c'est ça qui ne va pas. Il faudrait lui trouver un stage découverte, un pâtissier qui le prendrait deux, trois jours pour lui apprendre les bases du métier, découvrir ce qu'est le métier avec quelqu'un de professionnel, mais sans avoir de responsabilités. Et lui laisser le temps. On essaie de lui trouver ça. Il verra alors si c'est vraiment pour lui. La pâtisserie, c'est ce qui l'intéresse depuis le plus longtemps. Mais je pense qu'il se cherche. Déjà, s'il pouvait avoir son permis ! C'est énorme ce qu'il a à faire devant lui.

Jonathan a un corps qu'il faut retrouver. Il a une tête qu'il doit remettre en ordre parce qu'il a pris un sacré coup sur le plan psychologique. Il faut qu'il apprenne à se socialiser, à ne plus avoir peur des gens. Aujourd'hui, il a toujours peur de rencontrer les gars qui l'ont agressé. Le soir, il vérifie que la porte de la maison est bien fermée. Et quand je m'en vais le matin, je dois bien verrouiller derrière moi. Le dernier coup de ses agresseurs l'a marqué parce que la menace pesait sur la famille. Il continue d'avoir peur pour nous tous. Jonathan a porté plainte au printemps 2013. Les policiers l'ont interrogé méthodiquement, en reprenant tout depuis le début, année après année, classe par classe, depuis la sixième. Pour Jonathan, il y a à la fois le harcèlement en classe et le chantage en dehors, par des jeunes qui n'étaient pas de son école mais qui le guettaient à la sortie. Ce sont eux qui font le plus peur à Jonathan. Ce sont des assassins en puissance. Si on les laisse dans la nature, ils feront autre chose ailleurs. Jonathan s'est laissé prendre dans un engrenage. Il n'a pas su se dire « stop, je vais en parler ». L'autre jour, on a reçu un mail à propos d'un collégien qui se faisait harceler à l'école. C'est la grand-mère du gamin qui nous a alertés. J'ai décidé de m'en mêler. Dans son message, elle disait qu'elle ne savait plus quoi faire, que les parents étaient désemparés, qu'ils en avaient parlé au collège, mais que personne ne faisait rien. Ils sont perdus. Je leur ai donné mon numéro de téléphone pour nous contacter. J'ai proposé à Jonathan de m'aider à préparer le courrier pour l'école, le rectorat. Il s'implique de plus en plus dans l'association que nous avons créée. C'est peut-être pour nous une occasion d'instaurer un dialogue. Et pour lui de voir que je m'intéresse vraiment à ce qui s'est passé. Pendant longtemps, je pense qu'il considérait que je ne me sentais pas concerné. Il faudrait que Jo arrive à me faire confiance.

Ma place est simple, Marie-Pierre me la laisse quand elle n'en peut plus. Quand Jonathan s'est retrouvé à l'hôpital d'Armentières pour faire une pause, Marie-Pierre ne m'en a parlé qu'après coup. Elle l'a laissé partir dans la rue comme ça. Je me suis un peu fâché, j'ai dit :

— Il ne faut pas le laisser aller seul, pourquoi tu ne m'en as pas parlé avant ?

Elle m'a répondu :

— Parce que Jonathan ne veut pas que je t'en parle.

Il faut qu'on se parle tous. Je lui ai dit :

— Mais tu crois que je ne sais pas qu'on m'évite ? Tu parles à Jonathan de certains trucs, tu es au courant de beaucoup de choses, et quand ça se passe mal tu m'en parles, mais c'est au dernier moment. C'est quand vraiment on ne peut plus reculer. Ça ne va pas. Il faut m'en parler avant. Je peux en parler avec Jonathan, je peux en discuter…

Tout ça n'est pas facile, il faut rassembler les morceaux. Ma femme est une mère qui adore ses enfants, ses merveilles. Et Jonathan en profite beaucoup. Quand il n'a pas envie de faire quelque chose, c'est sa maman qui va le faire. Je lui ai dit dernièrement :

— Regarde, Jojo tu laisses traîner tes mouchoirs dans ta chambre, tu ne peux pas les ramasser ? Les descendre et les mettre à la poubelle ?

J'aime mon fils. Je l'ai toujours appelé « Jojo » ou « mon grand ». Je voudrais pouvoir le guider un peu. Qu'il cesse de dire : « N'en parle pas à papa. » J'aime ma femme et mes enfants. Sinon, je ne serais pas là en train de parler pour Jonathan et ma famille.

10

En juillet dernier, pour la première fois depuis longtemps, on a passé deux semaines de vacances, tous ensemble, à Six-Fours, près de Toulon, chez ma grand-mère. Mes parents ont bien décompressé. Ils ont profité de la plage. Chaque jour, ils ont marché des heures pour aller jusqu'à la mer et remonter à la maison. Pendant ce temps-là, avec ma grand-mère, on restait dans l'appartement pour se protéger du soleil. On a joué aux cartes et à des jeux de société. En fin d'après-midi, avec la fraîcheur, je pouvais sortir un peu. Un soir, le copain de ma cousine, Christophe, m'a fait une belle surprise. Il m'a emmené sur son jet-ski, au large de Sanary. Il l'a piloté très doucement parce que ça tapait beaucoup sur l'eau. C'était un peu dangereux… mais jamais je ne me suis senti aussi libre.

Quand on est rentrés à Marquette, le lundi 24 juillet, vers 18 heures, maman est partie faire des courses pour le dîner. Je suis resté avec mon père et j'ai écouté le répondeur. Il y avait un message de Barbara, la meilleure amie d'Alexandre, qui me disait de la rappeler très vite. J'ai fait son numéro et Barbara m'a annoncé qu'Alexandre était mort. Elle m'a dit qu'il avait fait une overdose. Elle m'a dit aussi qu'il avait laissé une lettre et que les obsèques étaient le lendemain à 10 h 30. J'ai retenu mes larmes, je n'arrivais plus à penser, j'étais tétanisé. Je ne voulais qu'une chose : lui acheter une plaque le lendemain, juste avant la messe. Avec maman, j'y suis allé à 9 heures, à l'ouverture. Entre toutes les dédicaces possibles, j'ai flashé sur cette phrase : *Parler de toi, c'est te faire exister, ne rien dire serait t'oublier.*

Ma mère m'a dit qu'elle aurait choisi la même.

Marie-Pierre

Alexandre n'allait pas bien, on le savait, mais de là à vouloir en finir, on ne l'imaginait pas. Depuis quelque temps, on ne le voyait presque plus, il vivait avec une copine, il avait dit à Jonathan qu'il s'éloignerait un peu, mais que ça ne changerait rien à leur amitié. Deux ans avant, il avait perdu son boulot de caissier dans la supérette de Marquette où on l'avait croisé, bien avant l'hôpital. Je me souviens que dans le magasin, il courait partout, toujours prêt à rendre service. Il était très aimé de ses collègues, mais un jour le patron a décidé de tous les virer. Comme ça, en une fois. Et puis sa femme aussi l'a mis dehors. D'après lui, elle ne voulait pas avoir une vie de couple, elle restait collée à ses parents, chez eux, avec leur petit garçon de quatre ans. Alexandre lui aurait dit : « C'est tes parents ou moi. » Elle a choisi, et il s'est retrouvé tout seul. Avec moi, il se confiait beaucoup. Il me demandait toujours comment Frédéric et moi on faisait pour s'aimer encore après tant d'années de mariage. Lui qui avait divorcé très tôt, il voulait connaître les secrets des couples qui durent.

À Marcq-en-Barœul, à l'église, il n'y avait presque personne.

11

Pendant la messe, quelqu'un a lu le poème qu'Alexandre avait laissé à côté de lui. C'est un très beau texte qui s'appelle « À ceux que j'aime… et ceux qui m'aiment. »

Je suis la douce pluie d'automne
Je suis l'éveil des oiseaux dans le calme du matin
Je suis l'étoile qui brille dans la nuit
N'allez pas sur ma tombe pour pleurer,
Je ne suis pas là, je ne suis pas mort.

Chaque fois que je relis ce poème, je repense à l'hôpital d'Armentières. Dans le jardin, avec Alexandre, on parlait des heures entières de notre vie à tous les deux, en fumant des cigarettes. Il me portait à bout de bras. Il voulait que je me batte. Il disait qu'un jour j'affronterais mes agresseurs au tribunal, les yeux dans les yeux. Après son séjour à la maison, il est revenu à plusieurs reprises récupérer ses affaires. Mais chaque fois il oubliait de reprendre sa valise de poker. C'était son jeu préféré. Il avait même fait inscrire ses initiales sur la boîte en aluminium.

Mes parents pensent qu'il faisait exprès de ne pas la voir.

Pour me faire un cadeau d'adieu.

Marie-Pierre

Depuis longtemps, j'avais envie de parler aux collégiens, pour leur dire combien nous avons souffert, toute la famille, et Jonathan à un point difficile à imaginer, de ce harcèlement à l'école. Récemment, je suis allée prier à Lourdes pour que Jonathan s'en sorte le mieux possible. C'est le curé de Marquette qui me l'a proposé. Il a toujours été très présent pour moi. Maintenant, je l'appelle Jean-Michel, on est devenus très amis, il m'a beaucoup aidée à m'exprimer.

C'est nouveau pour moi de parler en public devant des gens. Avant, j'avais peur. Je ne m'en croyais pas capable. Ces derniers mois, après la décision de Jonathan de faire un livre, j'ai été contactée par un professeur qui a demandé si je voulais venir parler du harcèlement dans un collège. J'ai dit oui tout de suite. Je me suis retrouvée à Roubaix, au collège Pascal, devant des classes de quatrième où certains jeunes sont difficiles. Il y avait six classes, j'ai choisi de leur parler l'une après l'autre, et d'y passer la journée. Je n'avais rien préparé. J'ai parlé instinctivement de mon fils et de ses souffrances, mais aussi des nôtres. Très vite, je me suis rendu compte que les jeunes m'écoutaient en silence. D'habitude, il ne règne aucun ordre. La plupart du temps, les cours sont bruyants, difficiles, c'est ce que m'ont dit les professeurs. Je n'ai pas beaucoup fréquenté l'école malheureusement. Mais pour parler maintenant, quand il le faut, je sais parler. Je ne suis pas conférencière, je parle avec mon cœur, avec ce que j'ai ressenti comme émotions pour mon fils.

J'ai dit à ces jeunes que se moquer des autres, c'est grave. Tous les enfants ont les mêmes droits dans une classe, dans la cour et au collège. Même si tous les enfants ne sont pas pareils. S'attaquer aux plus faibles sur leur physique, leur nom, leur famille, leurs résultats en classe, leur prendre de l'argent, leur taper dessus juste pour faire croire qu'on est plus fort qu'eux, c'est moche. Les enfants qui ne peuvent pas se défendre parce qu'ils ont peur, parce que les menaces répétées les empêchent de parler aux adultes, il y en avait de mon temps à l'école. Mais maintenant c'est devenu plus grave. Moi aussi, on s'est moqué de mon nom quand j'étais petite. Mon fils s'appelle Destin, on lui a dit que son destin, c'était d'être nul, battu, arnaqué, menacé jusque dans sa famille. Je leur ai dit que c'était lâche de faire ça. Dans la classe, j'ai vu des jeunes dont le regard me fixait, des jeunes qui, je le sentais, s'amusaient à ce genre de jeu sournois et méchant. Ils essayaient de me tenir tête avec leur regard. Mais moi aussi, je les regardais dans les yeux. Et j'en ai vu d'autres avoir des larmes dans les yeux en m'écoutant. J'ai entendu des professeurs me féliciter d'avoir bien parlé. À la fin de cette journée, j'étais contente. Un mois plus tard, j'ai reçu dans une grande enveloppe les six photos de classe dédicacées par les élèves à Jonathan. L'un d'eux a écrit simplement, sans signer : « Reste fort et tiens le coup. »

Aujourd'hui, je me sens le courage de parler à tous ceux qui voudront m'écouter. Ce que j'ai vécu avec Jonathan m'a délivrée du silence. Je leur ai dit qu'il fallait parler, toujours parler. Si l'on voyait un enfant être maltraité, ou si on l'était, il fallait parler. Les professeurs, les parents, les familles, les médecins, il y a des gens qui sont prêts à écouter les enfants, les adolescents. Je leur ai montré notre photo de famille quand Jonathan avait seize ans. Nous avons l'air heureux et joyeux sur cette photo. Ceux qui ont harcelé mon fils, au point de l'amener à vouloir mourir, n'auront jamais de bonne vie. Ils seront punis un jour ou l'autre. Et je pense aussi à ceux qui n'ont pas survécu, aux familles dont les enfants en sont morts. Parce que Jonathan, lui, a survécu. Il est vivant et il a beaucoup souffert pour être encore avec sa famille.

Je suis prête à continuer à parler dans les classes. Partout où on me demandera de le faire. Pour que les enfants arrêtent d'être des assassins sans se rendre compte du mal qu'ils font. Tous ceux qui ont été harcelés dans leur enfance ou leur adolescence s'en souviennent. Ils en portent la trace toute leur vie. Et des fois ils veulent en mourir. On n'a pas le droit de laisser tomber. Je ne laisserai pas tomber. Maintenant que je parle sans peur devant un public, j'aurai la force de continuer. Mon mari m'encourage. Jonathan aussi. Parce qu'on ne pourra pas oublier comment le rectorat de Lille a réagi après ce qui est arrivé : « Il n'y a jamais eu de harcèlement au lycée Vertes-Feuilles, nous ne sommes pas concernés. » Frédéric avait demandé de participer à une réunion avec des professeurs et des élèves. On lui a répondu que ce n'était pas sa place. Jamais le proviseur n'a cherché à nous joindre. Avec lui, on aurait pu avoir au moins une discussion sur le harcèlement à l'école. Il aurait pu nous manifester un peu de solidarité, un petit quelque chose… nous avons eu un sentiment d'indifférence totale. Le maire de Marquette, Jean Delebarre, lui, a été formidable. Il a mobilisé toutes les associations pour nous aider. Un chanteur de chez nous, Gilles Joyet, a pu se produire dans une salle municipale pour récolter des fonds. Il a fait des reprises de Sardou, d'Aznavour, de Bruel, chaque fois c'était plein. On a aussi monté des pièces de théâtre, organisé des soirées dansantes, des dîners avec loterie, des braderies, des ventes de muguet. Le maire a invité Jonathan à un concert de Manu Chao. Il a tout fait pour qu'on garde espoir. Il nous a écrit une jolie lettre pour nous dire qu'en témoignant on s'adressait « à toute la communauté humaine – enseignants, parents, amis, éducateurs, psychologues – et à tous ceux qui, comme Jonathan, font l'objet de harcèlement ou de railleries à l'école ». Il a terminé en disant que ce témoignage devait « apporter à chacun le courage d'affronter cette méchanceté gratuite et d'acquérir la certitude qu'il y aura toujours quelqu'un pour le soutenir ».

Depuis que Jonathan est rentré à la maison, le 21 décembre 2012, on essaye de sortir le plus souvent possible pour lui montrer qu'il peut à nouveau vivre comme avant. On va au cinéma, dans des parcs, des grands magasins. Chaque fois, on doit affronter le regard des gens, et ces regards nous font mal parce qu'ils sont insistants. Ils le regardent de haut en bas, parfois certains nous suivent. Ce sont des gens de tout âge, mais surtout des jeunes quand ils sont en groupe. J'ai beau les regarder dans les yeux, la plupart continuent. Ça fait mal, j'ai envie de crier, de leur dire : « Vous voudriez être à sa place ? » J'aimerais mieux qu'ils viennent nous voir et nous demandent ce qui lui est arrivé. Demain, j'espère que les gens vont le reconnaître, qu'ils arrêteront de le regarder avec insistance, qu'ils le remercieront d'avoir écrit ce livre.

Je ne suis pas cultivée comme d'autres. Je parle avec mon cœur, avec tout l'amour que j'ai pour mes enfants. Je parle aussi pour tous les enfants qui ont la chance d'aller à l'école et d'apprendre. Pour que leur vie soit bien. Il faut arrêter de penser : « Chez moi on ne parle pas, j'ai trop honte, trop peur. » La honte, c'est pour les autres. Pour ceux qui croient s'amuser à humilier.

J'aimerais aussi que les professeurs fassent faire des devoirs sur le harcèlement. Qu'ils demandent à leurs élèves d'en parler en classe et d'écrire des rédactions sur le sujet. Parler, c'est bien, écrire, c'est bien, mais il faut le faire quand on est jeunes. Pour moi, c'est aussi important que l'histoire ou les mathématiques. J'aimerais que chaque devoir soit lu devant les parents. Nous avons une association, « Tous solidaires pour Jonathan ». Chaque enfant, s'il en a besoin, peut nous contacter. Il y en a qui le font déjà.

Il ne faut pas rester seul.

Jamais.

12

Quand, à l'hôpital, quelques semaines après ma sortie de coma, ma mère m'a glissé, tout doucement : « Pourquoi tu as fait ça, Jojo ? », je me suis dit qu'il fallait que je lui raconte tout, du début jusqu'à la fin. Ce qui s'était passé, ce qu'ils m'avaient fait, que je n'en pouvais plus, le flingue, la peur… Ce jour-là, pourtant, je ne lui ai parlé que des moqueries et des insultes à l'école ; pas du racket, c'était trop dur à dire. Je ne lui ai raconté qu'un an et demi plus tard, avec l'aide du psychiatre et des infirmières. Ma mère, sur le coup, a beaucoup pleuré. Elle ne croyait pas qu'il se passait tout ça à l'école. Elle croyait que c'était leur faute à eux, elle se sentait coupable de ne pas avoir vu. Alors que non, pas du tout. Je leur ai dit non, ce n'est pas du tout à cause de vous. Elle m'a dit : « Pourquoi tu n'as rien dit ? » J'ai répondu que j'avais honte et très peur. Peur qu'on fasse du mal à ma famille, qu'on me fasse encore plus du mal. J'étais piégé. Ma mère a compris. Mon père a eu plus de mal. Après, il a compris que j'étais coincé. On n'en parle plus maintenant.

Depuis le CM2, j'ai tout encaissé, les insultes et les coups. Mais ceux qui m'ont attrapé dans la ruelle à la sortie de l'école, ceux qui m'ont mis un flingue sur la tête, ils ont fait pire. J'étais trop faible, je ne pouvais pas supporter une chose pareille, en plus du reste, de tout ce que j'avais subi depuis cinq ans. Ce sont eux les coupables, ceux qui insultent, ceux qui se moquent, ceux qui prennent l'argent, ceux qui ont un flingue. Pour tout ça, j'étais obligé de mourir. Aujourd'hui, c'est vrai ce que j'ai dit, je veux vivre. Même après la mort d'Alexandre, surtout après la mort d'Alexandre. J'ai promis à mon grand frère que je me battrais. Avec l'aide de mon avocat, maître Franck Berton, je vais essayer de retrouver les personnes qui m'ont fait ça. Je veux avoir de la liberté. Monter tout seul dans le bus, conduire une voiture. On verra si j'y arrive.

Je m'en veux beaucoup. Pourquoi j'ai fait ça ? Depuis mon séjour au centre de réadaptation de Coubert, en Seine-et-Marne, je remarche. Avant, j'étais toujours allongé sur mon lit. Je ne pouvais rien faire, à part les soins. Je ne pouvais pas lire, pas écrire. Impossible de bouger les bras. Un chirurgien m'avait dit que je ne remarcherais plus, que je resterais en fauteuil roulant toute ma vie. Je ne l'ai pas cru. Je lui ai répondu : « Non, moi, je remarcherai un jour. » J'étais sûr que j'y arriverais. J'y suis arrivé.

Maintenant, j'arrive à marcher environ une heure. Au tout début, je marchais un mètre et j'étais épuisé. J'ai récupéré du muscle aux cuisses. Au bras gauche aussi. Au bras droit, il me manque encore beaucoup de force. Sur le buste, ça me fait encore souffrir. Là où j'avais mes tétons, je ne les ai plus. Ils ont brûlé. Ils ont été coupés par les chirurgiens. Du coup, je ressens encore des douleurs à l'intérieur. De la brûlure, mais à l'intérieur du corps. Ce n'est pas à l'extérieur, ce n'est pas la peau, c'est l'intérieur. Quand la peau brûle, c'est comme une saucisse au barbecue. Dès que c'est bruni, ça cuit, mais uniquement de l'intérieur. Le corps humain est pareil. C'est très douloureux. J'ai déjà eu dix-sept opérations, depuis le début de la brûlure. Il m'en reste encore cinq ou six, qui vont s'étaler sur les cinq prochaines années. Pour ces petites greffes, ils vont reprendre de la peau saine sur mes jambes. Je dois aussi lutter contre des infections à répétition qui me fatiguent énormément. Depuis le début de l'année 2013, j'ai dû aller huit fois à l'hôpital pour des perfusions d'antibiotiques. Sans compter toutes ces heures de kiné que je dois faire tous les deux jours à la maison.

Quand ce sera fini, vers vingt-deux ou vingt-trois ans, j'aurai davantage de capacités physiques. Je pourrai lever les bras plus haut. Aujourd'hui, je ne peux pas nager mais, bientôt, j'irai en cure à Saint-Gervais et je pourrai aller dans l'eau. Là-bas, c'est de l'eau douce, paraît-il. L'eau arrivera à hauteur de mes hanches. Ça sera dur de flotter et je ne devrai pas trop forcer pour éviter de faire craquer ma peau.

Après, plus tard, quand je pourrai bien me servir de mes bras, j'essaierai d'apprendre le métier de pâtissier. J'ai toujours aimé faire des gâteaux, c'est ma passion. Récemment, j'ai réussi une tarte aux cerises, j'étais content. J'essaye de bien faire fonctionner mes mains. Me concentrer longtemps sur une même tâche. Trois fois par semaine, je participe à un atelier à Cap Vie, une association de Marcq-en-Barœul. Je fabrique des cages à oiseaux, des nichoirs, des mangeoires, des maisons à coccinelles. Ça me fait beaucoup de bien.

J'aimerais bien fonder une famille aussi, avoir des enfants.

J'aimerais avoir tout ça.

Une fois que tout sera fini.

Et que les coupables seront punis.

Je voudrais que mes parents soient contents de moi.

Remerciements

Merci aux médecins, aux infirmières et à toutes les équipes médicales du service des grands brûlés de l'hôpital militaire Percy de Clamart et des centres de rééducation de Coubert et de Zuydcoote.

Merci aussi à mes amis sur Facebook et à toutes les personnes qui me laissent des mots d'encouragement sur le site de l'association.

Sites d'information

L'association
« Tous solidaires pour Jonathan »

Créée par les parents de Jonathan après sa tentative de suicide, l'association a pour but « d'informer et de sensibiliser le plus grand nombre à cet acte tragique qui touche de nombreux adolescents ».

https://sites.google.com/sites/toussolidairespourjonathan

La plate-forme
« Agir contre le harcèlement à l'école »

Qu'est-ce que le harcèlement ? Que faire, qui contacter ? La plate-forme de ressources et de sensibilisation du ministère de l'Éducation nationale apporte de nombreuses informations utiles. Elle présente également des films de sensibilisation.

www.agircontreleharcelementalecole.gouv.fr

Quelques chiffres sur le harcèlement

Un enfant sur dix est victime de harcèlement au collège.

Pour six enfants sur cent, ce harcèlement est considéré comme sévère ou très sévère.

Une définition du harcèlement

Le harcèlement est une violence répétée. Elle peut être verbale, physique ou psychologique. On la retrouve au sein de l'école lorsque les enfants sont insultés, menacés, molestés, frappés ou dénigrés, sur les réseaux sociaux par exemple.

Le harcèlement répond à trois caractéristiques :

– la violence : rapport de force et de domination ;

– la répétitivité : les violences perdurent dans le temps ;

– l'isolement de la victime : peur, faiblesse physique la rendent incapable de se défendre, d'en parler.

L'origine du harcèlement

Les points de départ du harcèlement sont toujours les mêmes : le refus de la différence, la stigmatisation de caractéristiques propres à chacun.

– Tout ce qui concerne les détails physiques hors normes : poids, taille, couleur de cheveux…

– Le handicap.

– Les difficultés telles que le bégaiement, la maladresse.

– L'appartenance à une communauté ou à un groupe stigmatisé.

– Les différences liées à l'identité de genre (type « garçon manqué », allure efféminée...).

– Des centres d'intérêt qui ne sont pas ceux de la majorité.

Les tranches d'âge les plus touchées

C'est en fin d'école primaire et au collège que le phénomène est le plus présent.

Savoir reconnaître une situation de harcèlement

C'est une des grandes difficultés, car les victimes ont peur et les agissements sont cachés. On pense parfois qu'il ne s'agit que de jeux, ou encore que l'adolescent est « en crise ». Il faut avant tout être attentif aux changements de comportement :

– troubles du sommeil ;

– agitation et anxiété ;

– manifestations cutanées : eczéma par exemple ;

– maux de ventre ;

– baisse des notes ;

– changements de comportement : crises de colère, repli sur soi, provocations ;

– absences en classe et retards systématiques.

Que faire en cas de doute ?

Que l'on soit parents, enseignants, proches, amis, le plus important est d'en parler. Poser des questions à la victime, la rassurer, l'encourager à se confier. Libérer la parole passe aussi par les témoignages des victimes, le refus du tabou.

Numéros à retenir :

Stop harcèlement : 0808 80 70 10

Pour toute question sur le cyber harcèlement : 0800 200 200

La seule façon de sortir du harcèlement est de briser le silence, d'aider la victime à le faire.

Le chapitre « Alexandre » a été rédigé grâce à l'enregistrement d'entretiens auxquels il s'était prêté plusieurs mois avant son décès.

10967

Composition
PCA

Achevé d'imprimer en Slovaquie
par NOVOPRINT SLK
le 15 décembre 2014.

Dépôt légal décembre 2014.
EAN 9782290103043
L21EPLN001778N001

ÉDITIONS J'AI LU
87, quai Panhard-et-Levassor, 75013 Paris

Diffusion France et étranger : Flammarion